[日]金泽悦子 ◎ 著

袁 淼 ◎ 译

HAPPY

女人为

快乐而工作

CAREER NO TSUKURIKATA

中信出版社

CHINA CITIC PRESS

图书在版编目（CIP）数据

女人，为快乐而工作/（日）金泽悦子著；袁淼译 . —北京：中信出版社，2008.9
书名原文：HAPPY CAREER NO TSUKURIKATA
ISBN 978-7-5086-1275-1

I. 女⋯ II. ①金⋯②袁⋯ III. 女性—人生哲学—通俗读物 IV. B821-49

中国版本图书馆 CIP 数据核字（2008）第 121439 号

HAPPY CAREER NO TSUKURIKATA

Copyright © 2006 by Estuko Kanazawa

Original Japanese edition published by DIAMOND，INC.

Simplified Chinese translation rights arranged with DIAMOND，INC. through EYA Beijing Representative Office.

Simplified Chinese translation rights © 2008 by China CITIC Press.

女人，为快乐而工作

NÜREN，WEI KUAILE ER GONGZUO

著　　者：［日］金泽悦子
译　　者：袁　淼
策 划 者：中信出版社策划中心
出 版 者：中信出版股份有限公司（北京市朝阳区和平街十三区 35 号煤炭大厦　邮编　100013）
经 销 者：中信联合发行有限责任公司
承 印 者：中国农业出版社印刷厂
开　　本：787mm×1092mm　1/32　　　印　张：5.5　　插　页：8
字　　数：78 千字
版　　次：2008 年 10 月第 1 版　　　　　印　次：2008 年 10 月第 1 次印刷
京权图字：01-2008-1349
书　　号：ISBN 978-7-5086-1275-1/F·1422
定　　价：25.00 元

你可以暂时忘记自己最初的梦想，但不要忘记随时都要做好准备，迎接梦想再次发芽的那天。

女人 为 快乐 而工作

CONTENTS

目 录

第四章 ·· 85

从今天开始加入"契机"美人训练营

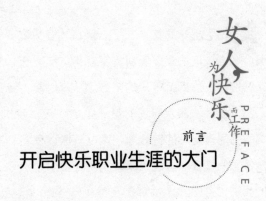

开启快乐职业生涯的大门

　　一个阳光明媚的下午，佐藤留美小姐特意来到办公室采访我，她是我在担任《职业女性风采》杂志主编时的部门编辑，我们也算是老同事了。2004 年我辞职以后，佐藤小姐也离开了公司，成为了一名畅销书作者。由于我现在经营着一个专为职业女性设立的博客网站"快乐职业生涯"，另外还因为我们都关注着职业女性的生活，所以她经常就女性职业发展等话题来采访我。不过，今天的采访内容是有关我自己的事业发展轨迹。平时，我们经常在一起喝喝酒聊聊天，为什么佐藤小姐这次会对我的职业生涯这么感兴趣呢？

　　我大学刚毕业就进入了一家日本资讯媒介公司，并获得了所属广域内线电话业务部新人奖。第二年夏天，我被调到公司新成立的部门，负责新客户的拓展。从那时起，我开始了真正"社会人"的生涯。踏入职场的第三年的冬天，我作为"创业期员工"跳槽到同事创办的新公司，这是一家以发行针对商务人士提供跳槽信息的资讯杂志《风采》为主要业务的公司，我负责该杂志的广告销售工作。27岁那年我晋升为经理，稍后成为广告营业部部长、广告营业局次长。后来公司成立了公关室，我兼任室长。2001年，经过一年的筹备，终于成立了专为职业女性提供跳槽信息的资讯类杂志《职业女性风采》，由我担任主编。这也标志着我从那时开始将"为女性提供职业生涯指导"当做我毕生追求的事业。三年以后，我离开了这家公司。2005年秋，我成立了专为职业女性服务的博客网站——"快乐职业生涯"。听完我的叙述，佐藤由衷地感慨："真是好风光的事业发展轨迹呀！"我？风光的事业发展轨迹？

　　确实，看履历，我貌似风光无限，春风得意，其实在这华丽外表的背后，满是迷茫、困惑与焦虑……特别是我快要步入30岁的那几年，从早到晚埋头苦干，身边连能够分享心事的好朋友也没有。虽然有男朋友，但对于总是把工作放在第一位的我而言，结婚更是八字没一撇的事了。长期的精神压力和高负荷的劳作，终于把我的身体给搞垮了。说句真心话，我渴望晋升，渴望高薪，但是要付出的代价实在是太大了。即使获得了晋升和高薪，自己心里也一点感觉不到快乐。究竟该怎样才能走出这如黑暗的隧道般的生活？我不知道。把身体泡在温暖的水中，我一遍遍地问自己："这样辛苦到底是为了什么？"想着想着，泪水不禁滑落脸颊。现在那一幕仍然深刻地印在我的脑海中。

这就是我意识到要开创快乐职业生涯的开端。

工作可以丰富我们的人生，但工作绝不是生活的全部。快乐职业生涯的主张就是要平衡好工作和生活。但是周围像我从前那样拼命工作的女性一定不在少数，这是由于女性踏入社会参与社会工作的历史还很短的缘故。日本《男女雇佣机会均等法》实施以来到现在只有二十几年，拿我自己来举例，我曾经宁愿牺牲掉私人的时间去拼命工作，就是因为自己时常觉得"自己的价值只有通过工作才能体现，我必须要有所成就"，其实这是在以男性为中心的商业社会中，女性对自身价值不能客观认识的一种表现。所以我总是给自己灌输一种强迫性的理念"加油，再加油"。也常常有人劝我"已经很好了，不要那么拼命吧"，但每次听到这话我就想，反正也没有累病，我还要更加努力才行。

现在，越来越多的女性渴望在结婚生子以后重新踏入职场。但从社会整体来看，这样的女性还属于少数，所以职业女性如果

遇到了工作上的问题，可以互相谈心、交流经验的对象就非常少。对于职业女性而言，为她们提供可供参考的前辈女性的经验谈和事例，为她们成立一个可以答疑解惑、相互勉励的同道中人的"群体"就显得格外重要。在这个"群体"中，大家可以看到其他的同龄女性都是怎样安排自己的生活和工作的，看她们如何逾越工作的难关，享受生活的快乐。这个"群体"大大增加了同龄女性交流的机会，在这个群体中，一个人失意的时候能够得到大家的鼓励和安慰，情绪很快就会振作起来。"群体"能够让大家在发展自我的道路上感受到来自同伴的温暖，"想着原来我不是孤单的，我的同伴有这么多呢"，由此给自己树立信心。开心的时候，难过的时候，都不会再感到孤独。基于这种考虑，我结合自身的经验，于 2005 年 10 月创立了只面向女性的博客网站——"快乐职业生涯"。为职业女性开创了一个通过博客交换职场信息的平台。

关于怎样开展自己的快乐职业生涯，在这本书中，我将为大家详细讲解自己多年积累的经验，以及在工作中采访众多职业女性所得到的启发。我会毫无保留地与大家分享我的心得。

现在，不论是工作还是个人生活，我都过得充实而有意义。当然，在生活中，我还会遇到各种各样的挫折，但现在，我会把这些都当成上天赐给我的礼物，正是在这些挫折的磨砺下，我才能进一步认识自己，战胜自己，生活得越来越好。这也是本书希望教给大家的最重要的东西。

曾经在 29 岁焦灼迷茫的我从来没有想到，35 岁以后我会过得如此快乐满足。这样的奇迹也能在你的身上发生。就从打开这本书开始，让我们开启快乐职业生涯的旅程！

那么，现在就让我们一起去敲响快乐职业生涯的大门吧！

第一章

职业生涯能"快乐"吗？
快乐职业生涯指的是
什么？

听到"快乐职业生涯"这个概念，你脑海中浮现出了什么画面呢？从事有价值的工作？获得高薪？还是……

我认为，快乐职业生涯，一句话概括就是"通过快乐的工作成就快乐的生活"。它有一个同义词，就是"天职"。天职，代表了最理想的工作和最理想的生活方式。做想做的工作，过想过的生活，就是快乐职业生涯的全部含义。

这真有可能变成现实吗？

在回答这个问题前，我先问问你，你正在度过的人生又是谁的人生呢？

是的，我们每个人正在度过的是属于自己的人生。如果你对实现自己的某个梦想没有把握，那也许是没有办法的事，但是如果你当真希望获得快乐的职业生涯，那么我可以告诉你，你的这个梦想一定可以实现。

当我像你一样处在 29 岁的时候，关于快乐职业生涯也是从来都没有想过的。

当时，我就职于风险投资企业，比任何同龄人拿的薪水都要高，而且早早就被提升为经理，独当一面。由于业绩出色，在公司里备受瞩目。那个时候别人眼中的我，真可以说是春风得意，事业开展得顺风顺水。可只有我自己知道，当时的我内心全被欲望填满了。

问题的关键是，我其实并不快乐。可以说，当时的我正处于不安和浮躁的旋涡当中。

- 工作越做越多，到底什么时候是头呢？
- 我觉得自己并不适合这份工作但又不知道该做些什么。
- 部下接连辞职，难道是我错了吗？
- 期待太高！感觉很容易就会被压力击垮。
- 身体开始变得容易疲劳，这样下去 30 岁以后还有足够的体力去工作吗？
- 从早到晚工作，没时间约会，朋友越来越少。
- 跟男朋友相处了四年，但结婚还遥遥无期。

当时我感觉整个人生都是黑暗的，但并不认为自己哪里出现了差错，还为这样的烦恼感到自责。身边没有人可以交流，也不知该如何是好。就这样整日被繁忙的工作追着跑，日子过得诚惶诚恐，仿佛手里抱着一个炸弹。有一天，我的精神状态终于到达了极限，在与客户开会的时候突然感觉耳鸣目眩，大脑一片空白，而且声音都发不出来了。

在身体的严重抗议之下，我终于鼓足勇气停下工作休养。要知道在那之前，因为担心业绩下滑，就是发高烧我也是一样不休息而拼命工作的。

在调养身体的这段时间里，我第一次脱去社会人的外衣，开始了与自己身体的对话。在之前的每一天里，我都强迫着自己"必须达到什么标准"，每天的时间几乎都交给工作，根本听不到来自心底的真实声音。我总是希望自己带领的团队每次都能交出最令人满意的答卷，但是随着这个目标的实现，接下来的业绩指标的实现难度又将增加。这么高的目标能够实现吗？面对这些，我甚至有些神经质地惶恐，而恐惧很快就传达给部下，并在部门里面蔓延，于是我们部门的员工每一天都过得小心翼翼、诚惶诚恐。这种气氛下，他们一个一个地离我而去了。

但问题是，并没有人要求我这样拼命，强迫我如此卖力地工作，都是我自己偏激的想法在作怪。我当时就一直认为"做不好工

作的人是没有价值的"，自己给自己施压的后果就是，我病倒了。

倒下了的我才开始意识到工作并不是生活的全部，于是人生中的其他风景慢慢进入了我的视野。本来，我是希望与部下建立和谐关系的；本来，我是希望参加朋友聚会的……从前的自己一旦停止工作就会感到不安，即使是牺牲掉玩乐与睡眠的时间也要坚持工作。但是从病倒那一刻，我开始慢慢分析自己的生活、自己的烦恼，决心重新调整生活与工作的距离，我开始计划改变自己，将自己从仿佛黑暗的隧道般的状况里拯救出来。

工作能够促使个人成长，但是在日本商务社会中，女性从业的历史还很短，《男女雇佣机会均等法》实施也不过二十几年的时间，因此可供参考的职场女性事例就比较少。在公司里面，职业女性由于经验有限，不懂得如何安排自己的生活和工作，于是就产生了像我这样拼命工作累坏了身体的女性，相反，也产生了很多渴望获得更多工作机会的女性。

工作是生活的"种子"。从有价值的工作当中获取收入去滋润生活，反过来这样的生活又会成为努力工作的原动力。这种良性循环就是快乐职业生涯。

怀疑自己、反省自己是开启快乐职业生涯的标志。当你打开这本书时，属于你的快乐职业生涯已经悄悄开始了。

破茧前最黑暗的时刻

在我刚刚创业时，收入大幅减少，换做以前，我一定会感到不安和恐惧。但是现在因为我明白了"对于自己最重要的东西是什么"，所以比起渴望赢得高收入，我更愿意去思考如何为公司的发展做足准备。我最想做的，就是为职业女性提供职场援助。我相信此举必定会为自己带来收益，所以并不会给自己增添过多的精神压力。

快乐地工作和生活的好处之一就是，会加深对生活的理解。即使自己现在并没有从事自己理想中的工作，但为了实现那个理想，也会格外地珍惜"今天"、珍惜"当下"。这种珍惜也给"今天"，给"当下"带来了无尽的快乐。当然，究竟能否从事理想的事业还是明天的事情，但是我们有理由相信，只要层层加叠快乐的"今天"，一定可以换来更加幸福快乐的"明天"。

在我异常难挨的 29 岁那年，我还总结出一条经验就是，要想认识到自己的"事业方向"和"理想的生活方式"，必须经历一些事。这是构成快乐职业生涯的不可或缺的要素。关于快乐职业生涯的构成，本书后面会有详细的阐述。如果我在当时能够意识到我经历的这些困惑、烦恼，正是打造快乐职业生涯所必需的历

练，那么就是再痛苦我也能笑着面对，不会等到生病了才明白。而且，我认为那场病对我来说也是很宝贵的经验。不过，我想大家没有必要像我一样，非要等到病倒了才能开始明白。

人生之中随时会发生一些事，促人反省，发人深思。我想很多读者现在也许正处于这个时期。恰恰是这样的时期，你的身体正在发生着重大的变化。让我们回忆一下蛹化蝶的情形吧。外壳紧紧包裹着，从外面看好像什么也没有发生，实际上在壳的里面，蛹正在拼尽全力羽化成蝶。现在的你就处在这一时期。感到困惑的时候，正是朝着快乐职业生涯前进的时候！

25 岁以后就是机遇！

当然，并不是说其他年龄段就没机会走上通往快乐职业生涯的道路。只是不论工作还是生活，总要通过比较方知快乐与幸福的存在。所以人生走到 25 岁以后，在一定程度上已经有了酸甜苦辣的体验，因此这个阶段是找到并建立自己快乐职业生涯的最好时期。

举个穿衣服的例子说明一下吧。我想大概每个人都有过这样的体验，跟着流行选择的衣服其实并不适合自己。我们在千挑万选、屡次失败又屡次尝试以后，才终于找到了适合自己的服装和风格。另外我们对服饰的选择也是在年年不断变化的。25 岁以前，我们喜欢穿最流行的衣服，慢慢地就会变得对服装的质地和舒适度讲究起来。我们在挑选的时候，并不像从前那样单纯依靠产品的宣传，我们还会亲自去体验它到底适不适合自己。

与穿衣服一样，我们对工作和生活的侧重点同样也在发生变化。就拿我来说，刚进公司的时候，我努力去适应工作环境，即使整个生活被工作填满也乐此不疲。而 25 岁以后，我不知不觉间开始有了"希望从事更能发挥自己能力的工作"、"想有自己的私人时间"这样的想法。之所以提出 25 岁以后机遇多多的观点，就是因为这个年龄的人已经积累了一定的经验，并试着从自己的角度开始思考未来。

30 岁以后也有开展自己快乐职业生涯的可能，但是跟 25～30 岁这段时期相比，障碍要更多。因为大多数女性结婚生子、照料幼儿都发生在这个时期，特别是跨入 30 岁年龄段，体力也大不如前。所以，如果你也想开启自己的快乐职业生涯，从事自己喜欢的职业，拥抱理想中的生活，就要充分意识到"当下"的重要意义。越是处在变化的环境中，你越能体会到"当下"的存在感和紧迫感。因此，开启快乐职业生涯，要越早越好。

就像为自己选一身美丽又舒适的衣服，女孩儿们，快快开始发现并打造自己的快乐职业生涯吧！

为了美好灿烂的未来，培育五颗快乐的种子

快乐职业生涯是一种生活方式，是指通过快乐地工作享受快乐的生活。现在，我们就来看看什么才是打造快乐职业生涯的具体方法。

首先说明，快乐职业生涯是由"五颗种子"发育而成的。要想发现并建立属于自己的快乐职业生涯，就得先从认识这"五颗种子"开始。在自己身上找到并培植它们的同时，你也将被引向属于自己的快乐职业生涯。

下面我们来一一说明。

◆ 什么时候最有干劲儿？第一颗种子：喜欢什么，讨厌什么

一个人的干劲儿跟他的兴趣有着直接的关系。做喜欢做的事会让我们忘记时间的流逝，而且灵感如泉涌，看上去也特别神采奕奕。

我呢，就是喜欢挑战新事物。做别人没做过的事情的时候，我内心充满了激情。带着这份激情，我刚一就职就进入了公司新创立的部门，然后又跳槽到了风险投资公司，接下来创建了全日

本第一个专为职业女性服务的职业信息资讯杂志。在常规的工作中，我也力求创新，如果一个策划案中采用了我的点子，执行起来我就会特别有干劲儿。总之我就是喜欢走新路，即使道路再坎坷，我也乐在其中。

不过，怎样才能发现自己的兴趣呢？

拿我自己来说，其实在很小的时候，我的创新能力就已经初见萌芽。在老师和同学给某个同学过生日时，我就特别喜欢制造一些让他们想象不到的惊喜。寻常方法是不能产生惊喜的，所以我那时总爱琢磨别人没想过的新点子。回忆一下你的孩提时代，也许会对发现自己的兴趣提供帮助。因为在童年，没有哪个孩子在做"该做的事情"，几乎所有的孩子都在做他自己"想做的事"。那个时候你最喜欢做什么呢？这个问题的答案就是你的兴趣所在，就是属于你的那颗快乐的种子。

我经常会被问到这样的问题：在职业生涯的道路上，应该选择喜欢做的事还是擅长做的事呢？这个问题是很多人都思索过的。我的答案是，因为喜欢所以变得擅长，因为擅长所以将其变成职业，两者并不冲突。我并不属于记忆力超常的人，但在记忆中搜索关于人们专心致志工作的画面时，我的脑海中还是浮现出了对比极为鲜明的两幅图画，一幅图画上的人是自觉地投入工作，另一幅图画上的人是"不大情愿"地工作，有些不得已的意味。这两者之中谁更快乐一目了然。所以我还是要说，将爱好与事业相结合，你将更有干劲儿。

在现今的社会，总是有一些所谓的"热门企业"和"热门职业"，人与人之间的比较也由此产生，于是从"比较"中也就衍生出一些所谓的"偏好"——"这家公司有名气，所以我愿意加入。"大家都慢慢习惯用"这份职业是大热门，所以我乐意干这份工作"的话麻痹自己，但我跟你说，对工作的这种"喜爱"是不会长久的。所以我们还是得回到根本，你还是要寻找自己真正喜欢的。回忆一下小时候你最喜欢干什么，最擅长做什么，然后再考虑一下，如何将这些爱好与事业相融合，你的这些爱好和特长将使你在哪些行业一展身手。

◆ 把什么作为你毕生的事业？第二颗种子：事业的目标

这里指的是，你希望从事的行业，想要进入的领域，以及决心研究的课题。简言之，探讨的就是理想职业的方向性，以及促使你在这条职业道路上一直走下去的原动力。做《职业女性风采》主编的时候，我采访过很多职业女性，我发现那些有着明确事业方向的女性，肯定都曾经历过一些可以被称为"契机"的事件。这些事件正好反映了一个人的初衷，继而成为她事业发展的原动力。

还是用我的例子作说明。我正是在被工作累垮的"契机"下，发现了毕生将为之奋斗的事业——"为职业女性提供援助"。当时我了解到很多职业女性都有事业上的苦恼，所以我希望利用我的一点经验，让她们变得快乐幸福起来。于是，我就创办了《职业女性风采》杂志和博客网站"快乐职业生涯"。我曾经采访过的一位叫做京师美佳的女性，给我留下了很深的印象。京师美佳在百货公司工作的时候，曾经遭遇歹徒的侵犯。这件事促使她改行做了配钥匙师傅，后来成为了女性防身术咨询师，开创了一个崭新的职业。她以传播和教授"女性防身术"为毕生事业，通过举办演讲、撰写书籍，提高女性的防范意识，为女性介绍具体的防范措施。还有其他一些例子，比如有的人因为亲友的亡故或者出国留学等事件，发现并开启了自己的毕生事业，这样的例子不胜枚举。找到毕生事业的契机各种各样，共同点只有一个，那就是在从事这个事业的过程中，你感受到了必然性和使命感。当然，把目前从事的职业跟毕生事业联系在一起并且成功开展工作的例子也有很多。不管怎样，我相信，一定有那样的一个时间，那样的一个地点，因为那样的一件事，令你醍醐灌顶，翻然醒悟——"我要找的，原来就是它！"

事业的目标其实是在探讨"我到底是谁"，也就是说它与生存价值息息相关，因此要找到这个问题的答案，不是一件容易的事。

要找到事业的目标，或者也可以说天职，是需要一个契机的。这种能够在契机降临之后加以把握的能力就叫做"捕捉契机力"。对此，我将在第三章、第四章当中作详细的说明。

当你努力思考，究竟自己的爱好可以施展在哪些行业和领域，继而搜索出具体行业和领域的时候，你的优势能量也在增加。反过头来，在喜欢的大行业当中，也很容易邂逅自己喜欢的、擅长的职业。不管是自己主动搜索筛选还是无意之中邂逅，这个"事业目标"的确立都是将你引入快乐职业生涯的重要环节。

◆ 喜欢什么样的人？喜欢在什么样的环境中工作？
  第三颗种子：人际关系和职场环境

这里探讨的是人际关系和职场环境对女性工作的影响。

我们通过工作跟很多人建立了关系，上司、同事、部下，还有客户和相关从业人员。你希望构筑起一种什么样的人际关系呢？担任《职业女性风采》主编的时候，我曾经就"你在工作中最在乎的事"，对职业女性开展了一次调查。被选择最多的选项就是

"人际关系"。可见，在工作中人与人之间的关系，或好或坏都直接影响到你的职业生涯。

在我还是职场新人的时候，经常与公司的老员工一同去拜访客户。这些堪称"前辈"的老员工在处理客户关系时，有的人摆出一副公事公办的姿态，而有的则与客户打成一片，好像朋友兄弟，这样虽然有点儿公私混淆，但不知道为什么，我还是觉得后者更可爱，也更有实效。这其中对我影响最深的要数日本资讯媒介公司的高层、已经出版了好几本著作的高城幸司先生。跟高城先生去拜访客户，最令我震惊的是，他居然记住了所有客户的兴趣爱好等个人信息。一般人都主张将工作和生活彻底划清界限，不做看似跟工作无关的事情，这样才能保证最高效率。其实不然。高城先生去拜访客户的时候，即使没有见到相关负责人，也会将间接与业务有关联的其他人士介绍给我，以保持业务的连续性。这样做的结果就是，高城先生的业绩总是排在第一位。受高城先生的影响，我也渐渐在心中确立起自己开展业务的模式，我也开始向高城先生学习，不管面对的是上司、部下，还是行政人员，都把他们当做潜在客户。我决心不单纯从利益关系角度出发，而是从人与人的关联这个角度来构筑自己的职场人际关系网。这就是我努力结识朋友的初衷。"职场环境"主要是指，在包含了关

联人在内的场所里，建立的组织规模和营造的企业文化。有的人喜欢年轻人多、气氛活跃的公司；有的人则喜欢相对独立的，拥有裁决权的职业环境。我理想中的职场环境就是不问公司大小，但求我所属的部门创新能力强，对新事物的接纳度高，最好还有几个幽默的同事。如果这个部门的执行能力也十分强，那就更好了。实际上，我最初进入的日本资讯媒介公司是一个成熟的大公司，但仍然积极地致力于开发新的商品和服务。后来跳槽去的那家风险投资公司，体制尚未成熟，所以我在里面拥有一定的权力，充分实现了我当时对工作的构想。

你希望在何种环境中工作呢？我想在你认识自己的过程中，答案也渐渐清晰了吧。它与你目前的状况是否一致？特别是女性，职场环境直接影响着世人对女性的评价。在采访中，我遇见了很多因为跳槽，使自己的职业生涯更上一层楼的女性朋友。可见，跟什么样的人共事，在什么样的环境中工作，对于女性都是万分重要的，所以还请对自身所处的环境作仔细的思考和判断。

◆ **愿意采取什么样的工作方式？ 第四颗种子：工作方式**

工作方式具体来说就是，你希望自己成为公司的正式员工、合同工、短期工还是兼职、自由职业人，或是独立创业等等。正式员工里面还包括：希望成为管埋岗位职员还是技术岗位职员等。也就是说，这颗种子不仅讨论你理想的就职方式，还有在一个组织里面你渴望取得的具体岗位。

这个问题与"事业的方向"有很深刻的联系。比如倘若你希望进入时尚界，成为一名正式员工，那在此之前你需要先成为合同制员工、短期工，慢慢积累经验，这段经历非常重要，必不可少。另外，如果你找到了事业的方向打算独立创业，那么在有这种理想的人士当中，一边兼职打工一边做筹备工作的也不在少数。像这样，即使明确了目标，但在短期内尚无法如愿开展事业，只有暂时选择其他的工作方式。这些都是为了明天的快乐和幸福在积蓄经验和能量。理想实现之前是我们积累资本的时间，在这段特殊的时期里，面对一些工作，如果因为它们与你的理想不符合而一味拒绝，那样你就只能与理想渐行渐远了。所以，我们有时候要学会换位思考，即使没能按照自己的理想去工作，也应该珍惜积累自己人生经验的机会，最重要的是，这种经历能时刻提醒我们"当下"的重要意义。

对于职业女性来说，因为要面临结婚和育儿等人生大事，所以不得不随时调整自己的工作方式。而且作为女性，很容易受到包括丈夫在内的身边人的意见的影响。可能经常会有人劝你说：
"既然已经有了孩子，那就别做正式员工了，做兼职或者短期工有
什么不好？"辞去工作，事业半途而废是多么让人沮丧而无奈啊！
为刚过哺乳期的女性提供职业咨询的三宫千贺子说，实际上一边
育儿一边还能做短期帮工的女性是很少见的。因为孩子小，一旦
发烧生病什么的，照顾孩子就会与工作发生冲突。因此很少有雇
主愿意给正在哺育婴儿的母亲以工作机会。所以，要趁早明确自
己的工作方式，调整自己的生活，提早做准备。此外，与恋人和
家庭的沟通也是很重要的。

　　我在这个问题上的选择是"自主、独立"。大学时代，我就
曾经创建过一个专门为聚会活动安排服务生调遣的事务所，自己
担任事务所代表。当时适逢经济景气，又因调遣的服务生多是女
大学生的缘故，我的事务所在别人看来很有特色，订单也就特别
多，一直都是络绎不绝。但在大学四年级时，我的父亲突然逝世。
这件事让我感到痛苦万分，所以毕业以后无心继续这项事业，结
束了事务所的运营，选择了进公司就职。进入公司的第一天，我
就暗下决心："有机会我一定还要独立创业！"

　　当初我是抱着增长经验的目的进入日本资讯媒介公司的，在
那些为了工作昼夜不分的日子里，"独立创业"这个词早就被丢

越是处在变化的环境中，
越能体会到"当下"的存在感和紧迫感。
因此，为快乐而工作，越早越好。

做喜欢做的事会让我们忘记时间的流逝，
灵感如泉涌，神采奕奕。

在你的心目中，
什么样的生活才是快乐的生活呢？

你可以暂时忘记自己最初的梦想，
但不要忘记随时都要做好准备，
迎接梦想再次发芽的那天。

到了角落。但在成为社会人的第十个年头，"独立创业"的念头又在我的头脑中复活了。正好当时我也明确了自己今生的事业方向——"为女性提供职业生涯指导"。从那时开始，仿佛有一股看不见的力量推动着，我就开始朝着"独立创业"的人生大方向努力了。于是，在重新拾回曾经的梦想——"独立创业"两年以后，2005 年，我的公司开业了。

你可以暂时忘记自己最初的梦想，但不要忘记随时都要做好准备，迎接梦想再次发芽的那天。如果什么都不准备，芽是永远都不会长出来的。我为了自己"独立创业"的梦想，积攒了必要的经验、人脉、事业的方向等"肥料"，足足准备了十二年。终于迎来了"梦想之芽"破土而出的那一天。

有意识地寻找适合自己的工作方式，期间不管遭遇到什么，都应从积极的角度引导自己，这些都是为未来积累的"肥料"。女性往往会对工作有挑拣，这样就给自己圈了个框框，通向未来的路就变窄了。要抱着"与其后悔什么都没有去做，不如做过了再后悔"的精神，不要给自己设置"栅栏"，勇于挑战各种工作，一定可以找到真正适合自己的工作方式。

◆ 你理想的生活是什么？第五颗种子：生活方式

通过快乐地工作而享受快乐的生活，这就是快乐职业生涯的含义。在你的心目中，什么样的生活才是快乐的生活呢？希望生活在什么样的城市？住在什么样的房子里？跟什么样的人共同生活？每年海外旅行一次还是两次？要满足这种生活大约需要多少钱呢？这就是培育理想生活的"生活方式"种子。

我在29岁之前，完全是一副"24小时工作制"的状态。我喜欢去挑战新的工作，在被别人评价工作成果的时候感到很有成就感。我喜欢这种成就感。醉心于工作的我每天都在苦干实干，不期然地抬起头，才发现身边已经没有了朋友，由于工作得近乎自虐，身体也垮掉了。值得一提的是，我并没有因为工作而感到幸福。于是我开始重新审视我的生活，终于找到了自己中意的生活方式，那就是"在繁忙中享受安逸的生活"。接下来，我开始享受自己的30岁，每天7点准时下班。因为我之前都是工作到半夜两三点的"狂人"，所以刚刚开始的那段日子，老是能感觉到同事异样的眼光，待在家里也不知道该干什么，只能看看电视，读读书，打发时间，我自己也不自在着呢。于是，我有了重新继续自己"舞蹈梦想"的想法，开始去上舞蹈课，跟久未联系的朋友也重新取得了联系。在这个过程当中，我的生活渐渐丰富起来，人也精神了很多。在这些工作以外的生活中，我收到了命运赐给我的两大礼物。一件礼物是我确立了"为女性提供职业生涯指导"的事业方向，再一件礼物就是我遇见了后来成为我丈夫的男人。丰富的私人生活也越加让我感受到工作的重要意义，跟始终优哉游哉的生活比起来，有忙有闲的生活更有节奏感，对于工作也更有益处。繁忙的工作告一段落，我便去夏威夷度假，度假回来了继续努力工作，这样的生活真是健康！我由此也发现，不管怎么样，对我来说繁忙的工作是必不可少的。

　　我今年37岁，正在享受着我理想的生活。我的家位于东京都中心地段，靠近充满活力而又人情味浓郁的商店街。我跟丈夫的房子是带有一个小小庭院的独栋别墅，我们的很多朋友也都住在这一带。夜晚我们有时会与朋友聚在家中或者熟悉的店里，畅谈事业与人生直到天明，周末跟有相同爱好的朋友出去游玩。这一切的实现，是基于我对"快乐职业生涯"的领悟和实践。事业和生活，看似没有关联，其实不然。生活给了事业以启发，令人满意的事业又带来了更加快乐的生活。这种良性循环能够出现在我的人生当中，是29岁那年的我无论如何也想象不到的。

　　29 岁的我过的是一种失衡的生活。如果一味地工作，接触到他人的机会就会大大减少，于是视野变得狭窄，直接导致了思维和行动之间的平衡的崩溃。而且繁忙的工作增加了在外面就餐的次数，营养的平衡也被破坏掉了，身心平衡也跟着土崩瓦解。通过快乐的工作享受快乐的生活，这其中的平衡感尤为重要。我的理想是，工作占到六成，生活占四成刚刚好。我想也有生活工作三七分的人。其实只要适合自己，完全没有问题。

　　在生活方式的选择上，生活伴侣的存在也是必须考虑在内的。有一本书很流行，叫《30 岁的单身女人，败阵的狗》，几年前我也是"败阵的狗"的代表。那时我领着高薪，住在舒适的地方，想吃什么吃什么，时尚、按摩、旅行，怎么享受我就怎么来。日子过得非常奢侈，也貌似充实。那时我的想法是，我单身大概只是因为我比别人的结婚欲望低吧。现如今，我也过上了身边有伴侣的婚姻生活，而且我的人生变得更加丰富多彩起来。结婚以前我总认为"我的生活就是这样了，大概不会有变化了吧"，那是因为单身的我还不完全懂得心灵深处期待的安定感是个什么样子，就是觉得自己经济独立，精神自由，一个人也能够很好地生活下去而已。面对这样的我，周围也有人发表意见："你这么说，就是找不到合适的对象而给自己找的理由。"我以前为什么会那么想呢?

现在我终于明白了，能否遇见生命中的伴侣，完全取决于自己。

29 岁之前，我曾经有过一个相处了很长时间的男朋友，他从来没有对我求过婚。而当我终于对工作和生活开窍的时候，我遇见的这位男性却对我求了婚，于是我就嫁给了他。婚姻生活使我的人生更加丰富。以两性关系为研究课题的著名生活导师根本雅子认为，当自己定位明确的时候，人生将会走向幸福的彼岸，这个时候命运也会将你的伴侣带给你。明白了吗？只要弄清楚了自己是谁，自己想要什么，那么能够给予自己幸福的事业和人生伴侣也将一起到来。

写作的神奇魔力

以上的"五颗种子"，你都找到了吗？如果感觉有困难，可以简单地为自己写一个小传，帮助自己找到最初的自己，找到自己的"种子"。

我过去采访过很多将自己的事业和生活都经营得有声有色的女人，我问她们："如何才能实现梦想呢？"得到的大多数回答是："自己究竟想要变成什么样子、想要的到底是什么？把这些用笔记录下来，越详细越好。"是啊，有人选择写日记，有人则把理

想中未来自己的形象做成一张海报，贴在墙上，每天看上几遍鼓励自己去实现。不管用哪种方法，都是选择了"写下来"。这是因为，写作可以很有效地梳理思路，找到问题的关键所在。因为如果事先大脑中没有具体的形象，就没法用笔描述出来。而这一"文字化"的过程还有助于我们发现自身相对较弱的部分。之所以说"要想实现，就先把它写出来"，就是因为写作有助于我们发现自己的不足，明确什么该做，什么不该做。

另外，写作还有助于我们自己解决自己的烦恼。因为我从事了这份探讨职业发展的工作，所以经常有人找我探讨自己的职业问题。读着这些来信，我经常发现，信的开头和结尾已经不是同一种心理状态了。比如有一位女性朋友因为跟上司关系紧张而给我写信，开头还是"真是不喜欢这个上司"、"他那样子怎么行呢"，全是抱怨之词，可是到了信的结尾，就变成"说是说，但也没有办法呀，算了吧"、"从明天开始加油"这样的语气了。写作使她由从最初的不平转变为最终的乐观向上了。常常，我们在给自己设定了一个目标的时候，不安也会随之而来。因此，为了实现自己的梦想，就要相信自己，大步前进。彷徨的时候，犹豫的时候，畏缩的时候，就把自己的梦想用笔写出来吧，写作是一种宣泄，帮助我们平复情绪，重拾信心。

再有，"写作"本身就具有引导你走向成功的魔力。著名的演员美轮明宏就曾经说过："如果你有梦想希望实现，就给神明写一封信求求他吧。"

可见写作本身就具有不可思议的神奇魔力。但是对于生活在电子时代的我们来说，已经很难好好坐在书桌前写上一篇文章了。我从生下来，就没有坚持写日记超过三天。现在我们有了博客，一切就不同了。博客相对于日记的最大区别在于，博客是有读者的。访问者会给我们留言，会提出自己的观点，会对我们的文章做出回应。但我们随之也会担心那些访问者都是些什么样的人。于是我最初的想法就是，建立一个专门为职业女性提供交流的平台，在这里分享我们在职业发展过程中的快乐和忧愁。所以我开设了"快乐职业生涯"博客网站。在第五章里面，我将就写作的神奇魔力作具体详细的介绍。

"崩溃"也要趁年轻

五颗快乐的种子，培育了我们快乐的职业生涯，但并不是说这五颗种子需要同时培育，同时发芽。请允许我再次用自己的29岁做例子，因为那确实是我人生的一道门槛，那一年的遭遇、那

一年的感受使我终生受益。当我被工作累垮，不得不静养的时候方才意识到自己的生活方式需要改变，对于我来说，"生活方式"那颗种子，是在那一年才发芽的。在那以前，即使工作繁忙到回不了家也没有感到不满足，因为在当时，学习新的工作内容，开拓新的工作领域才是我快乐的源泉。换个角度来看，28岁以前的我拼命工作，使得我"喜欢做什么，擅长做什么"那颗种子得到了充分的成长。它的发育成长接下来也促进了"事业的方向"、"生活方式"种子的发芽。快乐职业生涯注重生活和工作之间的平衡，要想工作开展得顺利，就必须打好基础，做好准备。这里所讲的基础是指，人与人之间的沟通能力、上进心、设立目标的能力、善于发现问题的能力，还有耐心和坚持，以及解决困难的冲劲儿等等。意识到不足的时候才开始培养自己的各方面能力也不能说晚了，但在适应能力强、体力又充沛的二十几岁发现这些不足并加以补足确实是最好的时期。而且二十几岁正是学习基础本领的时候，工作的框架会不断扩张，这种情况下工作必然会与生活发生矛盾，甚至可能造成彻底崩溃，但是那些在日后是可以得到补救的。只是快乐职业生涯的关键就是要抓住"能使自己变得快乐的事业"，二十几岁是吸收营养、积累能量最快的时期，从这个意义上来看，我们都要抓住二字头的年纪发展自己。

25 岁以后如果为了自己种子的发育情况而烦恼，那就请将相对发育得最好的那一颗排在第一位。你将从发育得最好的那颗种子所代表的内容里，找到你自己在那个方面的本质。

五颗种子的培育顺序没有定论，人人都不同，但目标却一致，就是精心栽培自己的这五颗种子，看着它们破土、抽芽、出蕾、开花，我们将亲手捧着这快乐的花束，走进自己的快乐职业生涯。

快乐≠轻松

从我们意识到要开启自己的快乐生涯那天开始，就要有意识地让自己的每一天都愉快度过。愉快度过不等于什么都不做，什么都不做，种子是长不大的，也永远不可能吐芽开花。所以要想收获美丽的花朵，首要的就是做好身边的每一件事。如果没能从事自己擅长做的工作，那么就要试着从目前正在做的工作当中寻找乐趣，继而找到可以发挥自己所长的机会。

快乐和轻松的意义截然不同。能够抓住机遇的人，是那些为了实现自己的目标而努力奋斗的人。很多人只会自己安慰自己"听说今年的运势对我很有利"，然后就什么也不去做，干等着好运降临，机会没来，就骂算命的算得不准。实际上这恰恰是自己

不努力造成的结果。

培育快乐的种子不是一件容易事，花开时间更是无法计算，也许过了一个月就开，也许要等一年，也许要足足等上三年。这时请不要着急，要坚信今天所做的每一件事都是在为明天的成功打基础、做准备。今天的"小快乐"，就是未来的"大快乐"，让我们怀着执著的梦想，百折不挠地努力，等待花开的那天。

答案蕴藏在自身之中

快乐职业生涯由五颗种子构成，但它们究竟藏在何处，我想这是大多数人都感到困惑的问题。其实这五颗种子就蕴藏在每个人的自身之中。人们都是这样的，看别人很清楚，看自己很糊涂，我自己也是如此呢。我非常感谢这本书的出版，它给了我一个重新反省自己、认识自己的机会。写博客是一种认识自我的方法，但要想更深入地剖析自我，将探索的光照进更深层次的自我，恐怕就是相当有难度的一件事了。于是，我委托了土屋美树小姐（《职业女性风采》的副主编，现在是我的好搭档）对我进行采访。我们曾经采访过几千位职业女性，在女性职业发展的领域，我们可以说是相当专业而且经验丰富的。很多接受了我们采访的女性后来都给予了我们这样的反馈——"这个采访让我对自己的能力强项有了再认识。""接受采访使我对自己的职业生涯进行了再梳理，真是太棒了！"还有很多人通过接受采访，注意到了自己平常没有注意的方面，进一步明确了自己的职业强项和事业发展方向。采访别人容易，自己采访自己很难。所以我委托了土屋美树对我进行采访。这次采访进行了很长时间，后来我看到她的文章时，感到很欣慰，因为就像我之前估计的，从这篇文章，我看到了另一个平时都没有意识到的自己。一方面这种再认识对我执笔写作本书提供了帮助，另一方面，这种再认识给我自己增添了自信心。因此目前，我又开发出了为女性提供职业生涯指导的新办法，在博客上创建了一个名为"我的故事"的专栏，收录的全部文章都是接受了我们采访的女性对自己的职业生涯产生再认识的文章。我希望这样一个专栏的建立，能够帮助越来越多的职业女性开始自我探索之旅。

◆ 走向快乐职业生涯的"成长记录"

　　在这里，让我们来看看两位职业女性步入各自快乐职业生涯的记录，看看她们是怎样培育自己的快乐种子。一位是进入向往

已久的建筑行业，从助理晋升为项目负责人的真子女士；另一位是结束三年家庭主妇生活，重新踏入社会，现在一家宝石加工企业担任总经理的阿未女士。

从两人的事例可以看到，没有必要将五颗种子同时培育。重要的是要将眼前的事情做好。将眼前的事情一件一件努力做好，这样也就促成了其他种子的发育。

真子女士通过进入梦想的建筑行业，将"喜欢的事"有计划地付诸行动，终于找到了自己的职业"店铺开发"，同时将自己的事业引入了"餐饮场所"这一崭新的方向。在为"店铺开发"积累经验的过程中，她越发感到助理这一职位已经不能满足自己的职业发展需求，于是希望成为独立的店铺开发者，这说明，"工作方式"这颗种子已经破土发芽，于是她离开了，进入了可能交给自己一定权力的小型设计师事务所。在小企业锻炼了几年之后，真子再度跳槽到了大型企业，并在大型企业里很好地培育了自己"人际关系和职场环境"的种子——这颗种子必须在大企业中才能得到培育和成长。在大企业中充分积累了经验之后，真子再次对自己发起挑战，再一次选择了小型企业，但这次的真子已经不是过去的那个真子了。她开始了自己的快乐职业生涯。

阿未女士婚后便一头扎进家庭生活，时间长了她开始意识到事业对自己的重要意义，于是做出了生活方式上的选择——"事业家庭兼顾"，并选择了时尚行业作为自己的事业领域。进入时尚行业以后，她很快就找到了自己"喜爱的事"，那就是"将自己认为很有益处的事情传达给别人"，于是她进入了时尚行业的公关领域。后来她渐渐发现将一个品牌运作成功仅仅靠公关是不可能做到的，于是开始有了独立经营的打算，这也促成了她的"工作方式"种子的发育。在为创业做准备的时候，她在一家有业务联系的公司担任总经理，培育了自己"人际关系"这颗种子。

快乐职业生涯的种子发芽之前，必须要经历烦恼和不满，必须受到这样或那样的"刺激"才行。这是因为，人往往很"迟钝"。本来，人在生活和工作中进行更多的体验以使心灵和灵魂成长，但是往往陷入到自己的既定思维模式当中，使效果大打折扣。就好像一条狗，即使摘掉了它的项圈，它也不会走出熟悉的地盘半步。所以，为了使心灵获得成长，冲破固有的思维模式束缚，从自己的"房子"里面走出来，我们就必须体验烦恼、不满等令人身心不相协调的感受。比如说，真子女士最初在"店铺开发"企业工作还很满足，但是当有一天她意识到"我不想再做助理了，我想独立创业"，那么她那时的烦恼就开始了，接下来她才会从大公司跳槽到了小公司。再来看阿未女士的例子，正是因为家庭主

妇的生活使她意识到了拥有自己的事业的重要性，于是她才踏入了时尚行业。其实，在我们烦恼和不满的时候，我们会因为看不到前途而感到痛苦。因此我希望大家都能够把自己的"成长记录"写出来，你现在的烦恼和痛苦，对你自身的快乐职业生涯的建立是十分必要的过程。意识到这些痛苦所酿造的都是明天甜蜜的美酒，这样就能乐观向上地度过这段历程了。在本章的最后，有一份"成长记录"模板，如果你已经对自己目前的状态有了些烦恼和不满，请参考以上两人的例子，填写自己的记录。

另外还有一种情况存在，那就是你可能还会将已经抛弃的种子捡回来，或者将想要培育的种子抛弃掉。真子女士曾经放弃过小型设计师事务所，但是后来选择的还是它；阿未女士放弃了自己选择的主妇生活，变成了一位职业女性。种子从破土到开花，经历都不是一帆风顺的，都要经过好几次"反复"，经过每一点经验的积累，经过每一次教训的总结，最终你就会收获那朵最符合你内心愿望的美丽花朵。

培育"种子"最重要的就是，将眼前事、手边事做好，做到位。只有一切都做到位了，才能看见下一阶段的方向。还有，当下一个阶段出现的时候，要勇于前进，勇于尝试。没有这份勇气，那么一切还是得不到。

烦恼是一种动力

很多女性都曾经或正在为自己的职业发展感到苦恼，我也是其中之一，就算到了现在，我也还有各种各样的烦恼。但是烦恼也好，痛苦也罢，这些却都是通往下一阶段的钥匙！

烦恼是一种动力。一切都是从烦恼开始。现在请大家试着想象一下未来，而面向未来的自己，正是可以成就无限可能的个体。如果现在向前看感觉前方还很迷茫，那么就请试着向后走几步，可以把眼睛闭上，随着脚步的行进，你也会越来越接近你的快乐职业生涯。我要说的意思是，如果你还不能认定自己，就应该好好地回顾自己，认识自己。此刻的后退，是为了更好地前进。

看到这里，请你放松一下，将以上介绍的这五颗快乐种子在自己身上寻找一番。看看现在你最在意的是哪一颗种子，都在意些什么内容，现在的烦恼又是什么，通过思考这些问题，你很容易就能够找到烦恼的根源，继而将它解决。然后要做的就是"向前走"、"努力尝试"，为你未来即将开放的花朵浇水施肥。

在下面的章节中，我将谈谈怎样为你自己培育这五颗种子，请一边参照自己的生活和职业历程，一边阅读。

真子小姐的『成长记录』

	21岁	22岁	23岁	24岁

喜欢的事情，爱好

最喜欢参加艺术节！

学生时代特别喜欢参加文化艺术节，现在依然能清晰回味那种通过努力使梦想成真的满足感。

学生时代"发芽"

事业的主题、方向

喜欢看夹在报纸里面的广告！

童年时代喜欢看每天的报纸里面夹着的广告。数学不好，所以大学时没有选择建筑系。

学生时代"发芽"

人际关系和职场环境

想在大的组织机构里面工作

就职于小型设计师事务所，每日为生活奔波，真希望能够进入大型机构啊，在里面积累经验，在里面成长。于是跳槽到了知名的大企业。

22岁"发芽"

工作方式

生活方式

真子小姐，32岁。大专毕业以后进入建筑行业。从助理做起，现在努力开拓属于自己的快乐职业生涯。

25岁　26岁　27岁　28岁　29岁　30岁　31岁　32岁

打造一个店铺很有意思吧！

跳槽到知名外资餐饮连锁公司的店铺开发部门。专门做新店铺的开发计划并负责计划的具体执行。庆幸自己终于找到了感兴趣的工作。

25岁以后
"成长"

还想做一些其他部门的事情……

因为是大公司，所以分工很细致。这个时候，很想积累一些与新店铺开发相关的其他工作经验，提出了调职的申请，但没有被上级同意。

30岁
"出蕾"

跳槽进入新型企业！

成为新型餐饮店的店铺开发负责人。因为人手有限，新的店铺从组织计划到具体实行全由一人负责。

32岁
"开花"

餐饮业很有意思

毕业以后进入了设计师事务所，后来进入了外资餐饮连锁公司，从住宅建筑业进入了商业建筑领域。民以食为天，因此对为民众提供食物的餐饮业格外感兴趣，于是跳槽进入了新型的建筑公司，为餐饮业提供建筑服务的公司。

25岁
"成长"

与各种各样的人打交道！

在各种新店铺的开发项目中，从上司与同事的身上，掌握了如何推进工作与处理事物的能力。

25岁
"成长"

这样就可以了吗？

强烈感受到自身的业务能力不足，并没有全部掌握店铺开发领域的所有工作。

30岁
"出蕾"

想进入小型公司试练！

进入刚刚成立不久的餐饮店，成为店铺开发负责人。

32岁
"开花"

永远都是助理吗？

步入30岁，开始感到30岁还做助理的无奈。

30岁
"发芽"

"助理"毕业了！

想更充分地发挥自己的能力！再次跳槽，尝试独立担当起店铺开发的全部工作！

32岁
"成长"

"再见"！

在30岁的时候，跟20多岁起就交往的男朋友分手了。本来是很想与他永远在一起的……

30岁
"发芽"

工作的开展，激发了对合作伙伴的需求

工作越做越来劲，如果有个能够同心协力、互相促进的合作伙伴就好了。

32岁
"成长"

阿未的『成长记录』

| | 31岁 | 32岁 | 33岁 | 34岁 |

阿未，39岁。决心从事与时尚相关的工作，现在作为一家公司的社长，正在为建立一个珠宝品牌而努力奋斗。有一个孩子。

喜欢的事情、爱好

可能比较适合做宣传类的工作吧

从做全职太太到重回职场，进入外资时尚类企业，从销售负责人做到市场负责人，再到公关负责人。在这个过程中发现自己对公关特别感兴趣，因为公关是将自己认为美好的事情介绍给别人的工作。

31岁"发芽"

要将日本的时尚品牌介绍给全世界

下决心要将日本的时尚品牌介绍给全世界，轰轰烈烈地开拓自己的事业。

33岁"成长"

事业的主题、方向

我真的非常喜欢与时尚有关的工作

以重回职场为契机，对自己进行了彻底的分析，使自己下定决心进军时尚界。

31岁"发芽"

自产自销的乐趣

知道了生产销售一体化的重要性。

32岁"成长"

人际关系和职场环境

为部下创造舒适的工作环境

团队合作最重要。努力为部下创造舒适的工作环境。

32岁"发芽"

工作方式

什么时候自己开始建公司呢

已经感觉到自己非常适合从事公关类的工作，开始憧憬什么时候可以自立门户。

33岁"发芽"

生活方式

想要事业跟家庭两不误是不可能的

结婚的时候，公司已经决定提升我为经理，但是为了家庭，我不但放弃了晋升的机会，还从公司辞了职。

28岁"发芽"

还是想自立门户

再次思考自己的人生，确立了独立自主的生活形态。

31岁"成长"

未来

35岁　　　35岁　　　37岁　　　38岁　　　39岁

只是公关的话，领域还是比较窄

由于分公司的业绩不好，我被调职到那里。发现要想建立品牌形象，打开市场，只靠公关宣传是不够的，换句话说，公关宣传对于一个品牌的成功运营所起的作用是有限的。

35岁
"出蕾"

想将自己生产的商品推广出去

作为社长，从商品企划，到市场营销，到生产、公关宣传全权由自己负责。希望能够为女性朋友推广我打心眼里喜欢的商品。

38岁
"开花"

我还是离不开时尚界

子公司的业绩不佳，正好在这个时候我被一家猎头公司看中，邀请我加入一家厨具企业。利用这个机会我也再次审视了自己的内心，发现自己是离不开时尚行业。于是，我在这个领域做下去的信心更足了。

37岁
"出蕾"

希望日本的女性更加具有光彩，更加美丽

欧洲女性总是浑身散发着女人味，我希望能够帮助日本女性树立自信心，并决心将一生为之奋斗。

38岁
"开花"

作为社长对下属要求要严格

我一直注重营造和谐的公司氛围，但当上社长以后我对下属的要求严格了，也许这是经营公司所必需的吧。

39岁
"成长"

要向董事长学习

我不单单是要做好提案的演示，更要从商品企划开始做好每一项工作。为了让自己的业务能力更加扎实，我要以尊敬的董事长为榜样，向他学习。

38岁
"成长"

我希望更加投入地工作，但是……

从事公关工作，我开始意识到了自己还是有能力在事业上有所成就的。但是，那势必会减少我与孩子相处的时间。

37岁
"出蕾"

让孩子看见我努力的样子

有一天，我在电视上看到一个节目，一个中国孩子在讲述自己的父母是怎样工作，以及自己是多么崇拜他们，以他们为榜样的。我受到了一定的启发，我也要让我的孩子看到我努力奋斗的样子。

38岁
"开花"

第一章　职业生涯能「快乐」吗？快乐职业生涯指的是什么？

37

第二章

准备好，为快乐而工作！

在第一章，我们讲到了应该如何为自身培育快乐职业生涯的五颗种子。在本章当中，我将以真实体验为例，继续展开这个话题。在这里我们必须探讨的就是，快乐职业生涯与转机之间的关系。在第一章当中我们讲到了"当感觉到烦恼和痛苦的时候，就是走进下一个阶段的开始"，那么，感觉到从来没有感觉过的事，注意到从来没有注意过的事，感到自身内在发生变化的时刻，我们称之为"转机"。那种感觉有点像曾经合体的衣服，终有一天会因为我们长大而再也穿不下了。

当你感到有那么点儿不自在、不自然、不协调，就说明你的心灵此时正在成长。通过这种"转机"我们也意识到了自己身上的快乐种子的存在。

转机是通向快乐职业生涯不可缺少的。

转机是一种内心的呼唤，转机的出现，意味着你将有机会选择更好的生活方式。请重视这来自心底的声音。

拿我来说，我的人生经历过五次转机。下面就详细说说我是如何处理这些转机以及期间的发现，以供大家参考。

自从踏入社会开始自己的职业生涯以来，我时常会感到烦恼和困惑，经历过的失败更是不计其数。现在要向大家公开这些事，自己还真有点儿难为情。我只是希望读者明白，在自己身上发生的任何一件事都不是没有意义的，都不是白搭的，都是自身成长的宝贵经验。

快乐职业生涯第一步：遭遇"爱好"

◆ 你为了什么感到开心？为了什么感到兴奋？

我最初的转机出现在大学四年级，也正是在那个时候，我的父亲由于肝癌突然去世了。其实在大学时代，我就已经与朋友合伙创办了一家专为活动、聚会等进行服务生调遣的公司。我们这里所说的服务生，是指那些在车展、展销会、新品发布会等活动上为客户介绍产品的女大学生。现在说起服务生，好像含义更复杂了一些，但在经济景气的时代，美丽的女大学生很受企业的欢迎，在各种展销会上到处可见她们的身影。

　　我为什么会做这样的项目呢？是因为最初我也是一名从事展会服务的学生。在当时，大多数情况是，在校大学生要代表企业担任某一产品的解说员，是要通过企业方一系列的审查和考试的。跟那些过关斩将的同伴相比，我的中标率很低。所以当时我就产生了一个念头，我为什么不能将这些女大学生组织起来，成为为女学生和企业服务的桥梁呢？我的这个念头很快得到了一位同伴的支持，于是我们的事务所正式成立了。虽然我们成立了实体，但我们所做的也就是从认识的广告公司那里获取活动、展会的信息，然后介绍给女大学生而已。但我自己却觉得非常有意义，因为我发现与其做被调遣的人员，我更喜欢做组织调遣活动的人，觉得成为组织这些女孩的经纪人是非常有意义的事情。

　　进入大学以前，我常常感觉没有存在感，也没有被认同感，无论是学习还是做运动都是半途而废。因为自己是韩裔，所以眼看着比自己大的表兄在日本找工作时经历的艰辛与磨难，我更加看不到光明的未来。当我成立了自己的事务所，我有生以来第一次感受到了自己的价值，第一次感受到"原来我也是有用的"，所以经营着那家事务所的我感觉无限的充实。

　　就在这段日子里，父亲去世了。怎么办啊？面对失去伴侣、

精神受到严重打击的母亲，一味地追求梦想、还没有正式工作的弟弟和我，这种不安定的状况让我第一次感受到我对自己的要求是多么松懈！说是自己创办了实体，其实全在玩，完全没有上心去做，微薄的收入也根本填不饱肚子。于是我结束了事务所，决心去公司就职，从零开始积累社会商务经验，同时我在内心暗暗发誓："有一天我一定要再次创业！"

我做出就职决定时已经到了 6 月，当时身边很多同学都已经拿到了工作合同。就在这时，我遇见了日本资讯媒介公司的分公司总经理今井祥雅先生。

今井先生当时还义务做着一份就职咨询的工作，朋友看见我为了找工作十分焦急就把我介绍给了今井先生。通常向今井先生进行咨询的都是离就职还早的低年级学生，今井先生帮助他们从很早的时候就开始认识到自身的优势，以便顺利就职。这些对于就职迫在眉睫的我来说，显然不适用，于是我向今井先生提出了个别咨询申请。对于当时的我来说，这是唯一的出路。

今井先生的咨询过程从"认识自己的人生轨迹"开始，他告诉我，找工作的关键在于面试，"面试，就是展示自我行为方式的战场"。成功面试有一个技巧，就是不管对方抛了什么问题过来，都要以自己的实际经验做出解答。所以为了准备好实际经验的

"武器"，必须好好回想自己都做过哪些事情，获得了哪些体验。在他的指导下，我开始回顾自己从前的一切。

◆ 喜欢尝试新鲜事物

我念小学的时候，虽然学习成绩不怎么样，但是对郊游和运动会等课外活动非常上心，也常常做出让老师吃惊的举动，并且乐此不疲。初中的时候我成为学校排球队的队长，在我的策划和推动下，校排球队从那一年开始有了新的队服。高中的时候我开始学习潜水，那时潜水还是一件很稀罕的事情，并不像现在这么普遍，对于一个高中生来说可是一种花费高昂的兴趣。为了筹得这笔钱，我经常身兼数职，同时打好几份工，放学以后的时间基本上都被打工占去了。

看起来我好像什么成绩都没有，但在我的身体里，实际上潜藏着一种"创新"和"尝试"的精神。对于没人做过的事情我特别感兴趣，并且会马上付诸实施，所以说除了"尝试"精神以外，我还拥有实践力、行动力。这两种特质表现最明显的是在大学时代，我甚至成立了自己的事务所。

今井先生所在的日本资讯媒介公司对于刚毕业的学生而言工

资还不错，而且可以让人学到东西。不过毕业生要想进入这家公司，可能性几乎为零。但今井先生在对我逐渐了解之后，感受到我内在的潜质，于是决定把我推荐给日本资讯媒介公司。我与今井先生见面后的一个月，是我精力最集中的一段日子。接踵而来的是第一次面试、第二次面试，之后是高层面试……面试结束后的一个星期，我始终没有接到公司人事部打来的电话，无论是我自己还是身边的人，都认为肯定没戏了，结果就在这个时候，我接到了公司人事部的录用电话！仿佛被一股无形的力量牵引着，我感觉自己的世界一下子豁然开朗了！

父亲的去世让我第一次面对自我，认真思考自己的将来。接下来，通过参加今井先生的求职咨询，我发现并确信了自己绝对是个"勇于接受挑战"的人。这种发现给了我莫大的勇气。从这一连串我完全没预料到的偶然当中，我走向了自己新的人生。

认真做好每一件事，继而发现自己的快乐种子

◆ 获得新人大奖

第二个转机出现在我踏入社会第二年的 5 月。而就在同年的 3 月，我刚刚荣获公司内部的新人大奖，但是我的心情却没有那么愉快。为什么拿了奖还不开心呢？当时我自己对此都无法解释清楚，只是觉得很纳闷，其实这里面还是有点儿原因的。

进入日本资讯媒介公司以后，学文科的我却被分配到广域内线电话的通信回线事业部做销售。岗前培训之后我还是不清楚分配给我的工作到底是什么！这让我非常焦虑。

很快，以"关注销售"为主题，"第一次突然访问"活动开始了。"第一次突然访问"是指在没有预约的情况下前去拜访客户，新人必须拼命向客户介绍产品和服务，以期能够顺利交换名片，最后看哪位新人交换的名片多。我到了客户那里，根本不能顺利展开说明，即使拼命想跟人家交换名片，由于说明得不充分，交换到的名片还是寥寥。当时很多一同进公司的新人都陆陆续续取得了头笔订单，我简直快要急疯了，也开始变得敏感，同事的

好言相劝，我也只是口头哼哈答应了事。最后同事们都不答理我了。

当时只有一个人对我始终保持着关怀和爱护，那就是我的上司荒井裕之先生。刚进公司的岗前培训经历了半年，这期间不断有上司说我"顽固"、"任性"、"不听劝"，但是荒井先生只是劝我说："悦子，你如果觉得自己是对的，就按照自己的想法做便是了。"原来还有理解我的人！面对荒井先生，我觉得自己把自己封闭起来实在是不好意思，于是变得稍微乐观了一些。

从那以后我开始专注于手头工作。因为做销售可以走出公司，可以说是一项自由度很高的工作。如果想偷懒，看看电影，喝喝茶都是轻而易举的事。业绩上升的销售员工都这样来放松放松，而在他们休息的时候，就是我拼搏努力的时候。

不知不觉中，我的业绩已经超过了其他新人。结果，从刚入公司表现最差到最后摘得新人大奖，我竟然演绎了一回"龟兔赛跑"的现实版。可是我也慢慢发现了一点——为了实现营业目标而付出努力，一旦实现销售目标，上司就很满意，自己也很高兴，但是这种喜悦马上就会消失掉。因为一个目标的实现意味着下一个更高目标的制定，然后我又必须开始向着新目标更加努力地奋斗，这也是我进入公司第二年以后渐渐失去干劲儿的原因。

◆ 连续三周，无故旷工

赢得了让我一鸣惊人的新人大奖以后，我完全没有感受到成功的喜悦，到了5月，我变得不想上班了。

就这样我整整无故旷工了三周。就在5月份即将结束的时候我写好了辞职申请。但那天晚上，我忽然接到了荒井先生的电话。他已经被调到一个新的部门，他找我有什么事呢？带着这样的疑问我接了电话。他就说了一句话"明天到公司来"。听我这边沉默不语，就又说了一句"总之你过来，我请你吃午饭"，说完就挂断了电话。

第二天早上，我带着辞职书，来到了三周都没来上班的公司。月末的销售部正是繁忙的时候，所有的销售人员一早就都出去拜访客户了，所以部门里显得格外寂静。我就在自己的位置上坐下，呆呆的，这时听见了荒井先生的脚步声。

那天我们去吃了寿司。席上，我将自己没有干劲儿、失去目标等等感受毫无保留地对荒井先生倾诉了出来，他一直沉默不语地听着。最后，他说："到我这边来吧，努力一个月试试看。""啊？"我听到此话顿时惊呆了。荒井先生的部门主要从事新服务项目的推广。所谓的新服务，是指从营销手段的策划到实施全部都是新开发出来的，是到那时为止还没有人尝试过的领域。所以短暂的惊讶过后我感到特别兴奋，好像得到了升迁一样的高兴。当时的兴奋我到现在还记得。于是我扔掉了辞职申请，决定再一次接受挑战。

7月1日早晨，我站在了新部门的门外，同时这也是我新一段人生的起点。

◆ 跟与工作有关的人，构筑双赢式商务关系

投入新工作的我如鱼得水。新部门创立当初谁也不知道未来发展会是怎样，不过我们的努力和付出却得到了客户的一致认可。对这种新的服务项目进行提案，然后为客户具体执行实施，取得了绝大多数客户的好评。在接受客户感谢的同时，我也深深认识到自己的价值所在。通过这项工作我认识到，不仅仅是完成销售目标让我有成就感，能够为客户解决问题，让他们满意，才是我快乐的源泉。

对于销售人员来说，目标数字的完成是最令人兴奋的事情，我曾经也是这样，脑子里面只有目标，只有数字，光想着怎么能

彷徨的时候，
犹豫的时候，
畏缩的时候，
就把自己的梦想用笔写出来吧，
写作是一种宣泄，
帮助我们平复情绪，
重拾信心……

快乐的职业生涯由五颗种子构成，
就隐藏在每个人的自身之中。

准备好，为快乐而工作！

让别人下订单。所有的努力都是为了"得到订单"。这样做虽然得到了业绩，但是心里面依然不快乐。但是，从事这项新服务的推广工作以来，我感觉到无论什么都比不上让客户喜悦能使自己获得更多的自我肯定，而且客户一旦对服务感到满意就会招呼其他的客户一同加入进来。我们曾经向一家小型营业所导入了我们的新服务系统，结果这家公司将其在日本的营业所都聚集在一起召开会议讨论，后来为全部营业所都导入了这项系统。这说明我们的服务帮助客户有效解决了问题，得到了客户的肯定。我们也因此而受益。

"双赢"这个词语，是我在那很久以后才知道的。我发现，只有使与自身利益相关的人获得快乐，才是自己最大的快乐。这一次的事业转机让我懂得了"怎样与人相处以获得更大的干劲儿"，由此我又向自己的快乐职业生涯迈进了一步。

凭着意志和自尊度过的三年

◆ 跳槽？不跳槽？

在新部门工作两年以后，也就是我 24 岁那年的秋天，从我还

是新人时起就一直照顾我、鼓励我的部长辞去了工作，与朋友一起创业了。同时，包括我在内的好几位员工也收到了加入新公司的邀请。这家新公司针对 25 岁以上的商务人士创办了一本提供跳槽信息的资讯类杂志。部长当时邀请我为这本杂志做广告销售。

那时我对目前的工作尚且满意，对与客户之间双赢关系模式的建立也正津津乐道。但是，我多少也产生了一点点不满足，自己时常也会问自己是否就在这份工作上一直坚持下去。距离 30 岁还有五年。如果继续做这份工作，不知道它是否还能让我有满足感。但是与跳槽相比，原地不动的有利面还是很大的。且不说现在的公司是大公司，工资待遇很高，光是考虑自己在现在的公司里各方面都有了一定的积累，而新公司的前途还是未知数这一点，就让我不敢轻举妄动。不管怎样，跳槽的风险还是很大的。但是我毅然选择了跳槽。不为别的，就为了获得身处新环境和遇到新客户的兴奋感。对待一件事情的兴奋和期待就是我做事情的最大动力。而且要聘请我的人又是我最最信赖的上司荒井，这也成为我跳槽的原因之一。而且部门里的其他员工也选择了跳槽过去，所以更增加了我的信心。没想到，我人生的第一次跳槽就像是在公司不同部门间的一次"人事调动"。

提出辞职报告到离职的两个月时间里，公司的人一直在挽留我。有的是一同进公司的同事，有的是公司高层，但我当时去意已决，不管别人用什么样的话语挽留，都不可能动摇我的决心。相反，大家越是挽留我，我就越想马上去新公司大干一番。我就是这种面对挑战迎头而上的人。走出公司，就不再回头，我不知道前面等待我的是什么，当时还根本不知道即将迎接我的竟是很长一段时期的艰苦磨难。

◆ 所有的人都辞职了！我该怎么办?

跳槽一年半以后，将我邀请过来的部长，还有当时一同跳槽过来的其他同事突然全部递交了辞职申请，不干了！原因据说是部长与总经理（他的朋友）在经营上意见不合。但是事实究竟是什么，至今我都不知道。

部长在决定辞职了以后，与所有跟随他一同跳槽过去的同事都打了招呼，唯独我！我是到了他们离职的当天早上才知道这件事情的，可想而知我当时遭遇了怎样的打击，简直就是晴天霹雳！还有很多从其他公司跳槽来的同事，部长也与他们打了招呼，也把他们带走了，为什么单单留下了我呢? 这更让我难以接受。

看到大家都走了，我也曾想到过"辞职"，但是别人都是跟

荒井先生一同走掉了，那我一个人辞职就显得没来由。而且很快，对于荒井先生弃我于不顾的事由不理解和伤心便超过了愤怒，我当时就想"你们抛弃了我，我就要做出个样子给你们看看"，就这样我把怨气、悲愤，全部转化成了前进的动力！为了让这些抛弃我的人后悔，为了不让原公司曾经极力挽留我的同事们看我的笑话，我凭着自己的意志力和自尊心，扛起了这面"坚持到底"的大旗！由此也拉开了我三年奋战的序幕。当时我的脑中只有一个念头：公司的成功就是我个人的幸福！

◆ 大脑革命?! 磨炼自己的适应性

　　我的第三次转机于是以这次"吃同一碗饭的同事全部离职"为起点，我立下了要支撑公司走向成功的誓言。我只是要用自己的意志力捍卫自己的尊严。目标已经确立了，但是接下来运作起来才发现，困难超乎自己的想象。

　　当时我的工作是广告销售，主要是与广告公司合作，为企业进行广告案的策划和刊登。但那时的我只有直接销售的经验，根本不适应这种与多方（印刷出版公司、广告公司）一同进行广告销售的模式。因为不能像直接销售那样单独与企业取得直接联系，所以我感觉非常被动而且苦恼。同时，由于我们的杂志是新创办的，基本上没有向企业提案的机会，就算运气好，我们的提案进入客户的视野，碰巧还被客户选中了，实际刊登出来也不是一件容易事。涉及的方面太多，让我感觉身心俱疲。

针对这种现状，我就采用苦肉计，死磨硬泡恳求广告公司的人尽可能带我去拜见客户。因为我们的杂志刚刚创刊，知名度还很低，不管怎么样先让客户对我们的杂志名有个印象也好啊。我当时就是这么想的。单单让客户知道我们的杂志名还不行，重要的是策划内容。我们必须提供有特点的、能使人印象深刻的策划案，才能有实力与那些拥有一定知名度的杂志竞争。这对于从来没有做过杂志策划的我来说，简直太难了，怎么想都没有灵感。那个时候，我脑子里全是怎样做好杂志策划案的事情。就这样，我好像一点一点地开窍了。当时我常常被原因不明的头痛困扰，而且站起来伸腰会感觉到关节疼，这些应该是大脑负荷加重的信号吧！

不只是大脑负荷加重，我的工作量也大大增加，工作范围也大大扩张了。因为公司人手少，所以我一个人不仅要做销售，还要做策划，亲自写策划书，还要监督最后的印刷。另外还要根据客户的特点增设特辑，把好几个客户聚集在一起，制作特别策划

案。一个人干着三个人、四个人的活儿。因为要与外部协助公司一同进行工作，所以自我感觉工作虽然忙碌但是非常有价值。正是有了那时的经验，在"销售"上面又加上了"策划"，无形当中扩展了我的事业领域。当然这一点是那时的自己根本没有时间去领会和感悟的。

通过这期间的工作，我发现自己其实很适合推介新产品和新服务。针对一件新产品，我为客户做广告策划，客户感觉满意签下了协议以后，我就开始从公司外面召集合作方，比如印刷制作公司，然后就开始执行，一气呵成完成任务。这种小小的广告策划在多的时候，有十几个任务需要同时推进。这样我每周都有两三个晚上不得不留宿公司。起初我是要用自己的意志力捍卫自己的尊严，但是到后来，我就切实感受到了自身的成长，于是工作起来越发努力了。

醒悟！ 自己的生活方式

◆ 在客户面前突然"失语"

25 岁那年离开日本资讯媒介公司，由于被同伴抛弃而坚守阵地三年，28岁的我，已然拥有了属于自己的部门和部下。

我被提升至管理者后最先感受到的，就是为名所累。因为当上了管理者，我就更加注意部下的一举手一投足，他们做的每一件事我都要干涉，无视部下的个性，强迫他们照我说的去做，这也是我当时经验不足的表现之一。虽然我已经不用亲临工作第一线，但是我一天都不曾离开，也不愿离开。因为当时的我认为"与其教他们，还不如自己动手快一些"，"照我说的去做就行了"。其实我那时是希望与部下建立双赢关系的，有缘分在同一个团队里面工作，我就是想把自己会的全教给他们。现在回想起来，我从部下那里学到的反而更多。

那时候我看着那些没能力的部下非常着急，整天对他们呼来喝去。昨天我跟以前的同事聊天时回忆那时的情景，整个公司里面从早到晚都能听见我呵斥部下的声音……我当时肯定是很讨人厌的领导。

接下来，我的部下一个一个全辞职走掉了。我觉得难过但又毫无办法。就这样，我成了出名的"令人恐怖的上司"。我的自信心受到了打击，可我真的不知道该如何与部下相处。当时我根本没有可以倾诉和求助的对象。日本资讯媒介公司的原同事和现在公司的同事我都不想找，因为我不想让别人看到我软弱的一面。

就这样，我也走向了崩溃的边缘。长期的睡眠不足和不规律的生活、不能如预期增长的业绩、公司内部令人头疼的人际关系，这些都把我推向了崩溃的边缘。我的神经就好像一根被绷得极细的皮筋，说不定什么时候就会彻底断裂。

于是就在一次与客户的会议上，我脑中浮现出了皮筋绷断的情景，突然感到耳鸣，大脑一片空白，心脏仿佛要从嗓子眼里跳出来，我当时就休克了。长期过度的疲劳和过大的精神压力，终于把我给压垮了。

没有人逼我，这是我自己强迫自己造成的。只是从"爱好"开始，以意志力和自尊心做动力，我没有享受到想象当中的兴奋和期待，却为此付出了沉重的代价。好像这些还不是最悲惨的——我失败的人际关系、枯竭的灵感、身边已经没有朋友的现实，更是将我带入到万劫不复的境地。那个时候，我刚刚 29 岁。于是，以这件事为契机，我做出了生命中的重大决定。

◆ 从现在开始我要为自己而活！

公司的成功就等于个人的幸福——这个信念随着身体的倒下也彻底垮掉了。那几年，我终日埋头苦干，除了工作，生活中再也没有其他的风景。没有朋友，也看不见结婚的希望。人病倒了，自己甚至开始有点自暴自弃。在我即将迈入30岁的门槛时，我做出了人生的重大决断，那就是"我要为自己而活"。我已经那么努力拼命了还是感觉不到幸福，不如就放弃拼命试试，也许我可以由此找到自己的快乐。

接下来，我就为自己定下了一个规矩："每天7点准时下班。"对当时秉行"24小时工作制"的我来讲，这个决定真可谓石破天惊了。

进入29岁的第一个新年，我对部下宣布："从今年开始，我将每天晚上7点准时下班。"于是后来的每一天，我都严格遵守自己的规定，但是那么早回家，老实说我也不知道该干点儿什么，也没有朋友，只能一个人在房间里面百无聊赖地打发时间。当时我就觉得自己是世界上最无能的人了。最要命的是，一想到同事们都在为工作忙碌着，我心里就像长了草似的。但焦虑归焦虑，我既然自己做了决定，就决不能反悔，因此我在一段时间里依然坚持着7点下班的决定。

过了一段时间，我慢慢对业绩目标的实现和别人的评价变得毫不关心了，看到我这个样子，我想我的部下可能会感觉不适应吧。但是令人惊讶的是，我的"放松"并没有使业绩滑落，相反，

部门的工作都在有条不紊地推进。

北风和太阳

与其一条一条地教，不如信任他们放手去做。这就是我从部下那里学到的。当然在部下遇到困难时我总是及时帮助他们渡过难关。这样，我抱着"你们就大胆地去做，有我来承担责任"的态度来与部下相处，双方之间也建立起了良好的关系。

此时我开始重新审视自身与公司之间的距离，有意识地将自己从为自尊而战的观念中解脱出来。于是我开始慢慢觉得，我已经没有了再在这个公司工作下去的理由，我终于决定辞职。

◆ 事业方向：为职业女性的职业发展贡献力量

正当我向总经理提出辞职的时候，没想到他听了我的话，问了我一句："愿不愿意做一本女性杂志呢？"我听说总经理在本公司创立之初就一直想做一本女性杂志，杂志定位于"专为女性提供跳槽信息"，但是所有的构想到此为止，没有更进一步的创办理念了，所以事情一直搁置着。这次听到我要辞职，总经理想起了这本一直想做的杂志，希望以此挽留我。我郑重地拒绝了他。

　　忽然，我想到了最近因结婚找我谈心的一位同事，她曾经在销售第一线取得了辉煌的成绩，但是面对自己开拓的事业和即将迎来的家庭，她产生了从销售第一线退回到销售助理的想法。当时我已经开始自己的"7点准时下班"的生活了，但是更多的公司职员还继续着拼命工作、坐末班车回家的日子。一个有家庭的女人终日繁忙地工作，对她的丈夫而言，是难以忍受的。但是，她也并不想跳槽，她说她从这家公司好不容易学到了本事，希望能回馈公司，继续为公司服务。就算工资降低了，她也希望能重新成为销售助理，继续为同销售部的其他同事提供帮助。当时公司里面大约有100名员工，男女各半。但男职员大多已婚，女职员结婚的很少。男职员之所以都早早结婚就是都希望有妻子在后方照顾家庭，免除他们的后顾之忧；女职员之所以大多未婚，就是因为没有男人愿意娶工作繁忙的女性。我想，大多数的女同事也跟我一样，不知道自己的未来到底是什么样子，心中充满不安和焦虑。从公司成立之初我就在这里了，所以我发现在一段时期里，找我谈这方面问题的女职员渐渐多起来。还是回到前面提到的那位同事，听说她打算结婚以后从销售做回销售助理，我觉得她的想法很好，也许能够成为其他面临结婚和工作难题的职业女

性的转型参考，所以我非常支持她的选择。哪料，居然被公司高层直接否定了，还批评我说这样的想法太随便。结果她不得不辞职了。这件事让我深深感到了职业女性想要继续工作所面临的困难。不过，这位同事现在在一家大型咨询公司工作，无论是工作还是生活都非常顺利。

在与公司同事谈心的过程中，我仿佛看见了几年前的自己。那个时候我也是对"要不要继续现在的工作"感到忧心忡忡。从这一点上看，她们觉得不安也有我这样的老员工的责任，这是因为我没有将自己是如何克服这些困难的经验传授给他们。从前面提到的同事辞职这件事，我感觉到了自己身上的责任，我必须为这个公司的女职员安心工作下去而做些什么，如果没能做到的话，那么我的辞职就是不负责任的。我开始辗转反侧，度过了无数个不眠之夜以后，我做出了一个决定。

我收回了辞职申请，并对总经理提出要承担起筹办"为职业女性提供转职信息的资讯类杂志"的要求。我的理由是，我要通过这本杂志，为像我一样对自己的职业生涯产生烦恼的职业女性提供支持，不管怎样，至少要让在这个公司里工作的后辈们能够安心工作，给予她们勇气和信心。

我整整花了三个月的时间做准备，每天阅读各种统计图表和计划书，甚至开始试着对同龄职业女性进行采访。在进行了彻底的市场调研以后，我得出的结论是，这本刊物的市场很看好！于是我一气呵成地做出了具体的事业计划书。总经理在看过以后表示了认可。接下来就要看各位董事的意见了，因为这本刊物要发行的话还需要得到公司其他各部门协助。没有想到，反对声音的高涨超乎我的想象。有人说："有希望继续工作的女性吗？"又有人说："比起创办女性杂志，还有多少事情应该先做啊！"还有的人说："给女性做一本关于转职的资讯杂志，会有人看吗？"……最让我吃惊的还是来自公司内部女职员的反对意见——但是现在我已经能够理解她们的想法了。因为虽然职业女性人数正在增加，但是从社会整体来看她们依然属于少数派。女性走出公司，就很难找到与自己有相同境遇的女性朋友了。邻居或者学生时代的朋友现在大多都是家庭主妇，那么专门为职业女性创办一本提供转职资讯的杂志，有没有人买来看，市场缺口到底有多大，确实值得怀疑。我觉得正是因为如此，才更有为广大职业女性提供信息的可能性，才是创办这本杂志的意义所在。我多方进行游说，可惜成果寥寥。

　　本来是很有意义的事情，杂志的目标读者也几乎触手可及，却没有办法推进，真是让人伤脑筋。那个时候站在我这一边支持

63

我的就是现在我事业上的好帮手土屋美树小姐。在那之前，她还是自由撰稿人的时候我们就认识了。当时她是唯一一个支持我的观点的人。随着公司同事们的理解一点一点加深，我终于获得了制作样刊的机会。条件是公司不负担成本，一切全靠支持者制作完成。制作样刊的时候发生了一个奇迹，就是在选择封面设计的时候，我们不知道选择什么样的女性形象比较合适，是选择日本艺人，还是外国模特？还是读者？我跟设计师屡次三番地试验，就是得不到满意的答案。就在马上要截稿的时候，我们的设计师兴冲冲地拿来一幅以女性为主题的手绘图稿，我一看见这幅手稿心就被抓住了，画面中的女性眼神坚定、笑容可亲，她就是对未来充满希望的职业女性的化身！这与我们杂志的主旨是何其吻合呀！！但我再一看，心就凉了半截，这可是著名绘画作者小野友子的作品呢，我们这本杂志能不能正式发行还不知道呢，小野友子肯帮助这本样刊吗？我试着与小野小姐取得了联系，没想到她居然十分理解我们的创刊理念，而且还免费提供给我她的很多手稿供我挑选。最后，在小野小姐的帮助下，我们的样刊正式出炉了！后来，我们正式聘请小野友子小姐作为我们的封面总设计师，直到现在，她依然快乐地继续着对职业女性的描绘。

样刊印刷出来以后，很多原来反对出刊的人不语了，但还是有人反对。不管怎么样，最后他们同意我"尝试性"地出版季刊看看。这个结果说明，我们的样刊取得了决定性的胜利。

◆ 一切都是为了我的后辈们

2001 年 6 月 12 日，《职业女性风采》正式面世了！创刊号的主题是："28 岁，你准备好了吗?"我们采访了刚刚结婚不久的播音员久保纯子和 Foxy 的老板兼设计师前田义子，让创刊号看起来很华丽。此外还刊登了很多对职业女性的采访。发行以后，读者来信仿佛雪片般飞来，"我们一直在等待这样的一本刊物"，"想看到对更多职业女性的采访"等等，反响之热烈超乎想象。发行量也超过了预期。于是在大家的热情支持下，公司终于正式认可了这本杂志！作为全日本的第一本专门为女性提供转职信息的资讯类杂志，《职业女性风采》被以朝日新闻为首的各家媒体纷纷介绍，封面设计更是获得了"编辑会议"授予的"封面大奖"。在社会上取得这么大的反响，是我们编辑部从来没有想到的。但是，最令人高兴的，还是来自公司里的女同事们的支持。她们有的拿着杂志跑进我们的编辑部，有的通过邮件诉说她们激动的心情……她们也成了我们的热心读者。

当时，作为杂志主编的我，最想做的就是尽可能刊登一些对普通职业女性的采访。比起那些名人的采访，读者最想看到的是与自己差不多年纪的普通女性的故事，想了解她们是怎么样开拓自己的快乐职业生涯的。因此，每期杂志我都要采访数十名职业女性，多的时候达到上百人。在采访的过程中，我渐渐发现自己已经从编辑的角度脱离开来，完全转化为一名普通读者，从读者的角度，把普通读者的疑问和关心带到了采访中来，这样我们的杂志就越来越符合广大读者的心声，我们更是为每期杂志策划出了精彩的专集。其中给人印象最深刻的是，2002 年春天号的《女性转职，究竟有没有限制》，同年夏天号的《职业女性的薪酬白皮书》，2003 年夏天号的《带给她们好工作的机遇》，同年秋天号的《面临第一次转职时所需的 25 项技巧》等，这些策划案在当时都引发了社会的热门话题，同期杂志也销售一空，屡创销售部的销售纪录。

有很多女性阅读《职业女性风采》后获得启发，继而开启了自己的快乐职业生涯。每次读到她们洋溢着感激之词的来信，我都觉得这就是我最幸福的时刻。就在前几天，已经离开了《职业女性风采》编辑部的我，还意外地收到了来自读者的感谢。因为现在，我还担任着《日本经济新闻》的晚报专栏《On Air》的作者，该专栏主要是介绍实现了快乐职业生涯的女性，所以我还坚持着对那些职业女性的采访。那天我采访了 Moku 株式会社的董事芳野祥子女士。芳野女士曾是一名广告文案撰写者，在没有经验的情况下转职进入婚礼服务行业，并经过努力成为公司董事。采访中我问她，当时是怎么想到要跳槽的，她的回答就是："因为从《职业女性风采》中得到了启发！"她还说读了杂志里面《主编的话》，感到深有同感，于是鼓足了勇气追求自己的理想，现在回想起来觉得"那个时候跳槽的决定是对的，非常感谢《职业女性风采》"。还有很多参与了《职业女性风采》制作的自由撰稿人，也从这本杂志中获得了成长。比如崛内洋子女士，结婚以后辞去了出版社广告销售的工作，成为一名自由撰稿人。她在参与《职业女性风采》杂志的编辑工作中，对人才中介公司进行采访时了解到，生过孩子的女性想要再次就职，是非常困难的。崛内女士曾经因为热爱广告行业而加入到广告销售的阵营中来，并且取得了不错的成绩。25 岁以后，她的整个生活就被工作占满了。她在对自己的生活状态进行了深刻反省以后作出决定，结婚以后辞职回到家庭，成为自由撰稿人。这样终于可以实现一定程度的事业生活兼顾。但是当她了解到女性生育后再就职的限制以后，她终于再次作出自己人生中的一个重要决定，那就是趁着自己还没有孩

子，再次开拓自己的事业，并成功进入到音乐娱乐领域，后来她有了孩子，今年春天她被晋升为广告销售经理，成为实现自己快乐职业生涯的女性之一。前几天我还遇见了久未见面的崛内女士，她整个人都特别有精神，神采奕奕。在我的坚持下制作出来的这样一份刊物，能够使包括制作人员在内的广大女性受益，真是让我感到由衷的欣慰和快乐。

28 岁到 31 岁的三年间，是我人生的一个重大转机。在这个时期，我意识到从"让所有的人不能小看我"、"我不能输"、"别把我当什么也不懂的傻瓜"等负面情绪激发出来的前进动力是有限的；我也在跟疾病的较量当中丢盔弃甲，看到了真实的自己；我还摸索找到了自己的事业发展方向——"为女性的职业发展贡献力量"。此外，我还找到了自己的事业伙伴。回顾这 3 年，怎么说呢，想哭都哭不出来，真是辛苦与磨难重重的 3 年。在有些困难面前，我曾深深感到自己的无力和脆弱。但是也就是这 3 年，使我个人得到了显著的成长，给予了我人生的第四大转机。就像即将化蝶的蛹，从外面看似乎没有什么动静，其实里面正发生着翻天覆地的变化。

我开启了自己的快乐职业生涯！

◆ 进入社会第十二年，我实现了这个目标

我人生的第五个转机，就是我开始向着自己独立创业的方向前进。

杂志从创刊到发行进入第三个年头，发行量依然令人满意，但是来自广告销售的烦恼却越来越突出了。作为一本专门为女性提供转职信息的资讯类杂志，对招聘类广告的要求是很高的。从社会的角度来看，低龄化和老龄化的社会问题日渐严重，企业要想招募到并且留住优秀的员工变得越来越困难，所以很多企业变得愿意多招募些女性员工。实际上，确实有不少企业通过我们的杂志招聘到了合适的女员工，但从整个社会大环境看，对女性员工的招聘还是没有形成一个模式，所以要想做出高质量的女员工招聘广告，也变得困难重重。面对这种状况，我重新发挥了自己做销售出身的优势，开始与相关人员一道为广告销售而奔走。一边直接参与销售，一边摸索制作优秀女员工招聘广告的方向。但是由于我把精力过多地放在了广告销售上，影响了杂志的制作水

准，导致杂志发行量一路走低，到了杂志创办将满三周年的时候，发行量更是创下了历史最低。这个时候广告销售业绩还没上去，杂志的制作水准又不稳定，我陷入了两难境地。

另外，当时公司迎来了创业第十一年，终于决定上市。上市之前，为了实现利润最大化，公司内部也进行了人事调整。而我由于杂志的发行量下降，再加上广告销售业绩不佳，公司最终决定把我调离编辑部，让我重新回到营业部工作。

我那时35岁。转职的第十年，公司上市近在咫尺，我的杂志也即将迎来创刊三周年，看到这些数字，我不由得心生感慨。

从创办样刊到现在，专门为女性提供转职信息的杂志已经办了四年，我为此采访了将近1 000名职业女性。我想可以使女性实现自己职业理想的职业选择有很多种，那么对于那些由于结婚生子而不能继续工作的女性朋友而言，就没有更好的方法了吗？而且我也收到过很多这样的电话："我对×××页刊登的案例非常感兴趣，能否更详细地介绍一下主人公的故事。"大学快毕业的时候，女大学生们可以跟学校的就职咨询部探讨就业的事情；但是已经走入社会，到了转职的时候，女性朋友又该找谁去商量呢？虽然杂志可以介绍很多职业女性的成功经验，但毕竟篇幅有限。于是我就有了创办一个博客交流平台——"快乐职业生涯"的想法。

距离 40 岁还有五年。我要么留在公司做销售，要么独立创业，创业也许会失败，但却可能实现自己的理想。哪个选择能够让五年以后的自己过得充实快乐呢？面对选择的天平，我毫不犹豫地选择了后者——自己独立创业。因为这些年来所有的经历让我收获了属于自己的快乐的五颗种子。所以我要开始开启自己的快乐职业生涯。就这样，我从大学四年级时结束了事务所工作，经过了十二年的时间，终于重新获得了勇气，自己一个人去担当、去面对独立创业。我希望"为女性的职业发展提供帮助"的事业方向，能够为我自身和职业女性之间建立起双赢的关系模式，我自己也将由此收获充实的人生。所以我坚信我的选择是正确的。还有一个理由，就是当时的杂志副主编土屋美树也对我的选择表示支持，并决定与我一同并肩前进，这也给了我莫大的鼓励。于是我决心不再迷茫，我更坚定了自己的信念。

这个时候，我也找到了杂志发行量下降的原因，就是我们太急于扩大发行规模，脱离了为读者的切身利益服务的原则，背离了反映读者心声的创刊主旨。所以我们重新理顺了自己的制作态度，以贴合读者心声为原则，三周年纪念特刊终于面世了。那是2004 年的夏天，同期我们策划了探讨 27 岁女性的转职机会成本的

专集。这本纪念特刊获得了很好的口碑，发行量直线上升。而且广告销售业绩也走出了低谷，创造了新纪录。三周年纪念特刊发行过后，我正式递交了辞职申请。我离开以后，《职业女性风采》从季刊改为了双月刊。后任主编秉承着杂志的创办主旨，一直坚持到今天。

收获的秋天

回顾我这十二年所走过的路，几乎可以三年为一个阶段，将这十二年划分为四个段落，也好比我人生的四个季节。

我刚毕业进入社会的三年好似冬天，为了"发芽"正积蓄着自己的力量；跳槽以后的第一个三年，好似春天，萌芽抽枝，苗壮成长；从28岁到31岁适逢从梅雨季到炎夏的时节，经历了梅雨季的阴霾和酷暑的炙烤；最后的三年，终于迎来了收获的秋天。现在，我又进入了冬天，开始了新的轮回。我一边积蓄能量，一边对春天充满着期待。

现在的你，正处于哪个生命季节呢？春天？梅雨季？为了迎来硕果累累的秋天，我要说的是，冬天越寒冷，夏天越酷热，生命季节的温差越大越好！让我们一起笑着迎接挑战，笑着面对人生吧！

第三章

把握时机，把握人生的"因缘际会"

什么是引导自己进入快乐职业
生涯的"契机捕捉力"？

在前面的章节中，我向大家介绍了快乐职业生涯的含义，可以构成所谓快乐职业生涯的"五颗种子"就是，"喜欢的事情"、"事业的方向"、"人际关系"、"工作方法"和"生活方式"。我们在对每一种要素开始感悟的时候，总会出现一位引领者，或者是一个契机，为我们在感悟的途中指引方向。

大学时代，由于父亲的突然亡故迫使我不得不早早就业，这个时候将我引入职场的就是今井先生。当时与今井先生相遇，乃至后来加入日本资讯媒介公司，对于我来说都称得上奇迹。踏入社会第二年，我遭遇到了"职场瓶颈"，当时又有荒井先生引领我走入崭新的工作领域。正是在荒井先生的帮助下，"开拓属于自己的事业领域"的构想开始在我脑中日渐清晰起来，同时我开始注意到建立良好人际关系的重要意义。在我身体情况每况愈下，想要辞掉工作的时候，恰是公司里面因结婚而离职的同事给了我启发，并成为了后来我创办《职业女性风采》的动因。再后来，我与丈夫相遇，是他让我意识到"享受繁忙中的快乐生活"才是适合我自己的"生活方式"。进入社会工作第十二年的时候，又有土屋美树小姐鼓励我创业，并郑重对我承诺"让我们一起合作吧"。

我们每个人都有迷茫和困惑的时候，这个时候自己精神上非常痛苦，觉得自己很倒霉。但是，人生低谷也往往是通向机遇的入口，这个时候如果有幸能够得到一位"引领者"的帮助，那么我们就会从低谷中走出来，甚至从此开始，一步一步走上快乐的职业生涯。

我们在接近"快乐、满足"之前，"转机"是必不可少的。而"相遇"就变得非常重要。这个"相遇"，可能是偶尔翻阅杂志看到的一段访谈，可能是电视机里面传出的一句话，又或者，是你哪天出差搭乘飞机时，坐在你旁边的那位旅客。总之，在我们有需要的时候，恰恰就能够遇见那个我们很需要的人、那句很有灵感的话，这个就叫做"契机捕捉力"。

遇见"引领者"的两个条件

所谓的"契机捕捉力"，就是指与"契机"相遇的能力。我想，正在翻阅本书的读者中间一定有很多人正处于迷茫、困惑当中。我们必须相信：如果你内心真的希望解决自身的问题，那么就一定能够与"引领者"相遇。很多人不禁会问："是真的吗？真的是想遇见就能遇见？"——实际上，要想遇见人生的"引领者"，还是有两个先决条件的。

首先，对于自己的未来，我们是否能够进行具体的描述？具有"契机捕捉力"的人，在心中必然有一幅关于自己未来发展的十分具体的蓝图。举个例子吧，就说说未来职业规划。也许最初我们并不能脱口说出自己希望从事的行当，但是比起"希望从事适合自己的职业"这一笼统的概念，"希望从事自己认为很好、很有意义的职业"的说法会让一个人更容易找到问题的解决出口，契机也会比较容易地降临。

如果契机一直没有现身，这个时候就需要我们重新具体描绘一下"希望未来的自己是什么样子"，要知道，在大脑不清醒或

者概念模糊的时候，契机是不会降临的。因此，就如第一章、第二章中所论述的，必须要充分了解自己，关于自己未来的设想越具体越好，这是相当重要的。你在未来的几年当中，希望置身于什么样的职场环境？构筑起一张什么样的人际关系网？做这项工作的意义何在？工作与个人生活的平衡如何取得？……对自己的未来设想图描绘得越具体，将设想变为现实的"契机"就会越早到来。或者，也可以在跟朋友聊天的时候说说对自己未来的设想。因为说话有助于我们整理思路，头脑会更加清醒，有助于我们认识自己，更具体地描绘出未来蓝图，契机也就距离自己越来越近了。

认识自己、了解自己最好的方法就是写博客。一边体味驾驭文字的乐趣，一边还原最真实的自我。第五章将会为您详细介绍关于博客的活用方法。

话说回来，"遇见引领者"的另外一个条件就是"竭尽全力地做"。前面已经说了，"引领者"是帮助我们把人生向好的方向引导的关键，即使你能够准确详尽地描绘未来的理想图，如果不付诸努力的话，那么是无论如何也看不见契机的影子的。对那些自己什么也不想做，等着伯乐自动找过来，等着天上掉馅饼的人，契机是永远也不会出现的。契机只会降临在那些向着心中的理想开足马达去努力的人身上。

低谷与机遇同时到来

遇见难行的路、难做的事，每个人都会尽量避开。但是如果你能直面困难，迎头搏击，就在解决了困难的同时战胜了自我。这也是体育比赛给我的感受。

女子花样滑冰选手安藤美姬过去能非常轻松自如地做四连跳这个动作，但是随着她从女孩成长为少女，身体长高长大，她已经不能像过去那样顺利地完成四连跳动作了。我想其他的选手也都有过相同的体验。但是安藤她敢于打破固有观念，针对成长了的身体研究适合的动作方法，完成的动作也更具表现力，最终成为业内数一数二的花样滑冰选手。还有在都灵冬奥会上获得金牌的荒川静香，之前她蛰伏四年苦心练习，中间的盐湖城奥运会都没能参加，后来终于在都灵冬奥会上夺冠，实在是让人佩服。

还有其他优秀的田径运动员，大多也都经历过让他们刻骨铭心的挫败，但是他们没有放弃，反而从零开始，不断努力，超越自己，最终走向成功。高桥尚子就是很典型的一位，她曾经在悉尼奥运会上夺取过金牌，但却失去了参加雅典奥运会的资格。在

巨大的挫败面前，她没有灰心，挥别了恩师，重新从零做起，寻找适合自己的运动方式，终于在东京国际女子马拉松赛上摘得桂冠，继而重新开启自己的职业生涯。

失败是成功之母，失败总是和成功结伴而来，就看你自己的选择和坚持了。

每个人在成长的过程中，都会有不得不突破自己惯有的思维方式和行为方式的时候，这就是自身的一种成长。但是对于已经有固定的行为习惯的成人来讲，要突破这已经形成的"壳"是非常难的一件事情。越是经验丰富、阅历深厚的人，越难以改变自我。但是如果不打破这层惯有的"外衣"，就不会更新自我，走向成功。所以只能是一边提示自己要改变，一边受惯性牵引一切又恢复原状，在这反复的过程中，原来的"旧我"越来越松动，最后彻底被"新我"击败。如果你感觉到自己的状态不稳，处在循环反复之中，那么就说明离"破壳"为期不远了。首先要使自己从惯有的模式中有意识地跳出来，对于一个善于捕捉契机的女性，她们大多勇于更新自己的思维方式，接纳新事物，让自己变得更加"柔韧"，也更加具有可塑性。

一成不变的生活就算很安逸，也容易使身心变得"坚硬"，加速老化。人在压力之下才能发挥出能量，前提是只要不超过一定的限度。因为过度的压力对皮肤也不好，而适当的压力则能够起到延缓衰老的作用。

有机会的人，没有机会的人

让人们觉得很不可思议的是，那些叫嚷着"我要机遇"的人，往往得不到机遇的眷顾。为什么呢？就是因为他们被那些似有似无的机遇牵着鼻子走而疏忽了本职工作。比如说，热切追逐那些看起来对自己有好处的事情，对自己的上司或领导笑脸相迎、无限谄媚等，也许会得到成功，但那只是暂时的。试问单凭奉承谄媚能走多远呢？四处奉承别人，没有实力的人是得不到别人的尊敬与信赖的。与其一门心思奉承上司，还不如得到普通工作人员的尊重更可靠。不以自身的利益为先、踏踏实实做好本职工作的人，更容易得到幸运之神的眷顾。

机遇的到来从来没有征兆，可能会降临在我们意想不到的地方。有很多人对自己的工作很有意见，时常会有"就领这么点儿工资，多余的工作我可不做"、"那不是我职责范围内的"等调调。这些人自己给自己树立了范围框框，同时机遇可能也被阻隔在框框以外了。当然，我并非主张牺牲掉睡眠的时间徒增工作量，

但是一个肯做事、多做事的人一定会更有可能邂逅机遇。

机遇隐藏在笑容里

小学毕业的时候，班主任光武敏郎先生曾经给我写下这样的一句话："两个人一同向外望，一个人看到的是泥土，另一个人看到的是星星。"

后来我才知道，这是大作家富兰克林的一句名言。

说起来，我算是"在日第2.5代韩裔"，怎么会出来"2.5"这么个数字呢？因为我父亲是第一代韩裔，母亲是第二代韩裔的缘故。在母亲的主张下，我和弟弟都起了日本人的名字，上了日本人的学校。我父亲可以说一口流利的日语，母亲由于在日本出生长大，所以韩语仅能够听懂。这样日语就成了我们家的通用语言。对于在这样环境下成长起来的我和弟弟来说，韩语简直就是外语，完全不懂。

看我的言行举止，完全就是一个地道的日本人，但实质上我不是；作为一个血缘上的韩国人，我又完全不懂韩语，我经常不知道自己究竟身在何方，自我存在感相当薄弱。我想这就是老师送我那句话的原因吧。宿命是不可改变的，但是命运却可以由自

认真做好每一件事，
继而发现快乐的种子……

具有"契机捕捉力"的人，
在心中必然有一幅关于自己未来发展的蓝图

机遇隐藏在笑容里。

成为不受拘束的自由美人。

己来掌控。

我真正明白这句话中蕴涵的道理却是在我 30 岁出头的时候。当时我动不动就慨叹自己的遭遇："为什么不如意的人总是我呢？"情绪非常消沉。但是后来我发现，在那一连串的痛苦背后竟然蕴藏了那么多生命赐与我的礼物，它们教会我成长，将我引入成功的轨道。明白了这个道理以后，无论再遭遇什么样的苦痛，我也能笑着面对了。

25 岁以后，我当上了部门经理，那时总是非常焦虑，说的话部下也不听，而且我越严厉，在部下中的威望就越低。后来我试着学会放轻松，对一切艰难险阻都心怀感激，笑着去面对，这时我发现工作越做越顺手，身边的协助者也越来越多起来。当时积累的人脉到今天都是我的重要财富。

微笑是有连锁反应的，焦虑也是有连锁反应的。一个用微笑感染他人的人，这份快乐最终也会让自己更幸福。

在下面的章节里，我将向大家介绍培养"契机捕捉力"的思维方式和行为方法。这些都是我从自身的经验和采访的职场女性身上总结出来的。明白了道理却未必能够付诸行动，即便如此，懂得还是要比不懂好。就从小事做起，一点一滴，一定可以将道理变成现实。

女人为快乐而工作

第四章

从今天开始加入
"契机"美人训练营

"契机捕捉力"，是邂逅能够使自己的人生向好的方向发展的一种自然牵引力。我是在从事销售时意识到这一点的。销售同一件商品，为什么有的人卖得好，有的人就卖得不好？原因一般会包括：与人的沟通能力、提案企划能力等，但是我要说的是，有比这两项更加重要的因素，那就是看你能否遇见好的客户。这是一项很重要的销售技能。所幸在我的销售生涯里，我遇见了很多很好的客户。所谓的好客户，不单单是指大量订货，从我手上买了很多东西的客户。而是在工作以外，能够为我增加人生经验的客户。比如说，在这位客户的身上，我学会了新的思维方式和处理问题的方法，或者我的气量变大了，甚或直接得到了一个新契机。我所指的就是这样的人，这样的客户。与这样的人相遇，看起来好像是一种偶然，但当我走过那段生活，回头反思这些相遇对我整个人生的影响时，我发现这些相遇无疑又是必然的。如果没有与他们的相遇，也就没有今天的我。

在做《职业女性风采》主编期间，我采访了很多成功的职场女性。她们如今拥有令人艳羡的职业版图，都是从一个个不经意的偶然邂逅开始，这一点让我非常震惊。我想这里面一定蕴涵着神秘的法则……

在这一章里，我将向大家介绍"创造命运的邂逅"的法则，希望大家都能成为捕捉到自己人生契机的美人。

学会说"谢谢你"

在做广告销售时，我曾经对同一个客户屡次犯过相同的错误。制作好的广告里面出现了错字和漏字，没有更改就直接进入了印刷环节。因为我已经收取了广告费，所以就向客户许诺这样的过失决不会再犯，哪料，誓言犹在，错误就又出现了。打开印刷好的杂志，那条错误广告像针一样直直戳入我的眼里。"怎么又是我呢？我怎么老是犯错？到底怎么回事？……"我是绝对不允许自己出现工作失误的，之前已经核对了好几遍，到了最后印刷出来还是出现了错误。实际上这个错误是在我核对了以后，执行编辑擅自改动造成的。当时我非常懊恼，明明不是我的过错嘛。但事已至此，我要承担责任。

最后我想来想去，再三反省，终于想明白了这还是自己的过错。当然直接造成失误的是执行编辑或者印刷公司，但其实我的时间管理不严格也是一大根源。我总是不遵守截稿日期，给工作人员和印刷公司带来了很大的麻烦。我当时负责了很多客户，每个客户的情况又不大一样……总之我也给自己找了好些借口，老实讲就是被自己"业绩不错，所以不必太在意"的思想给麻痹了。这样的疏忽大意长期下去，最终导致了错误一再发生。

"他人就是镜子里的你"。

这句话是我从服务业的友人那里听到的，意思是说一个人的想法肯定会传达给对方。据说在服务业里，代代相传着一句话——"不管面对什么样的客人，都要始终心怀感激。"如果别人为你做事你觉得是理所当然的，那么对方慢慢就会失掉对你的热情；如果你对对方心怀谢意，对方就会喜欢为你做事，合作会变得越来越顺利。特别是对待下属、比自己晚进公司的同事、助理或者公司外部合作者，越是面对比自己级别低的人，越是应该懂得感谢。如果没有这些人的支持和协助，就绝对不会成就美好的事业。

"契机美女"就是一群能够向周围传递愉悦和轻松的女性，

这样自己在获取人气的同时也会获得更大的帮助。所以，让我们从今天开始，多说几次"谢谢你"吧。

成为褒扬美人

说起褒扬，倒不是鼓励大家去奉承什么人。我这里所指的褒扬美人，是指那些懂得爱护自己、鼓励自己的女人。之所以把这一点提出来，是因为作为女人，我们大多对自己评价过低。

"我行吗?"

"肯定做不来!"

"总之就是不行。"

请等等……

人们习惯于说服自己放弃。

我有一个从事留学咨询的朋友，她说有很多前来咨询的人都处在可能被国外大学录取又可能不被录取的边缘，他们只要稍加努力就能够顺利成行，结果选择放弃的人却特别多。许多前来进行留学咨询的人，都不过是来找寻一个叫他放弃的理由而已。自己感觉没有信心的时候，理由从他人嘴里说出来，就特别令人信服，继而也就彻底放弃了。

我们经常会下意识地说出一些泄气的话，这些话也在潜移默化地伤害着我们自己。

泄气的话不能随便说，因为深受其害的往往是自己——不仅会表露出自己的气质和态度沉闷无趣，人气也会跟着大打折扣。所以我经常有意识地自我赞美和自我鼓励。

比方说……

自己一个人加班的时候：

× "怎么总是我？讨厌这样的日子！"

○ "今晚是满月啊！能看到这么美丽的月亮，好高兴！"

最喜欢的鞋子的后跟被卡住的时候：

× "可惜了我这么贵的鞋，我可真是倒霉！"

○ "没摔倒真幸运，我的运动神经还是很发达的嘛！"

上司对企划书很不满意：

× "熬了一整夜做的企划书竟然没有通过，我也太失败了！"

○ "还好没被客户看到，还可以改进！真是万幸！"

最开始要转变思维方式可能会有一些难度，那就请一点点地尝试吧。对着镜子赞扬自己的效果就很不错。镜中的自己嘴角微

微上扬，微笑着快乐着的自己也像一幅画似的，印在了自己的脑海里。经常保持嘴角上扬，既可以提醒自己保持快乐的心态，还可以预防皮肤松弛老化呢！

幸运女性的共同点是"乐观开朗"。越是在艰难的处境中，越是要相信自己，让自己笑出来。相信自己，鼓励自己，就能迎来命运的垂青。

做一个努力向上的女人

我们在办《职业女性风采》杂志时，曾经就"什么样的下属是有未来的下属"这一话题，聚集了各个行业的经理级人物召开了一个座谈会。大家一致的结论是"不问职责归属，什么工作都积极肯干的员工最有未来"，比起那些经常表示"这是我的工作吗"、"这件事请去问某某某"等对个人职责范围有明确概念的员工，什么工作都积极肯干的员工的协调性更强，更受欢迎，自然机会也就更多。

过去在我的部门里，曾经录用了一名兼职的女孩儿。最初她只是帮忙给客户邮寄材料，整理票据，后来发展到协助我们工作直到深夜两三点。开始时她的存在并不是很重要，过了半年我们发现，少了她，整个营业部的工作都受到了影响。她不断地给自己增添工作量，她的勤奋努力使我们的工作效率大大提高，工作质量也稳中有升。

当时互联网络刚刚开始受到关注，我们也开始考虑使用网络技术，以提高广告的效果，但当时实在没有招募专业人才的时间，于是我试着问她："要不你来试试？""好呀！"想不到她很痛快地答应了。当然，在当时网络不论是对于她还是我都还是个未知的领域。但是看到她熠熠生辉的双眼，我想，要不就真的放手让她试试吧。从那时开始，她认真攻读网络技术书籍，终于自学掌握了HTML技术。她的努力使我们公司早早实现了网络多媒体化。后来她被录用为契约员工，后来又转为正式员工，同时她一直在努力学习网页制作技术，后来调转到新成立的网络部门，做起了公司主页的负责人。现在她已经独立创业，成立了一家网页制作的专门公司。

如果她只是把自己放在一个兼职工作的框框里面的话，那么她大概永远也不会进入网页制作领域。正是由于她不给自己设置框框，用自己的眼睛去发现新的课题，用自己的力量去赢得机遇，才使自己有了不一样的人生。

不要被动，要主动地积极工作，哪怕没有额外的薪水，也不

会获得直接的肯定，能够为了理想坚持下去才能邂逅生命中的奇迹。

听人讲话，给出反应

做销售时，我有很多机会能够结识到业界里面被称做"销售NO.1"的人物，令我非常震惊的是，他们中的很多人竟然并不善于表达，有的甚至还笨嘴拙舌。常人看来，销售人员就应该是舌绽莲花，说服能力超强，成为销售冠军的人更应该是妙语连珠的人物才是。怎么会这样？实际上，一个好的销售员，往往是那些"善于倾听"的人。销售，就是将自己负责的商品或者服务推销给客户的一项工作。如果见面就说"请购买吧"，那样肯定不行。首先要听听客户的意见，认清他的现状，然后体察对方现在有什么需要，在什么地方发愁……只有把这些话引出来，才能发现需要解决的问题，进入提案的阶段。最厉害的销售人员就能够有策略地引出客户的心里话。他们不会一上来就问"请问您现在为何而困惑"，这样太过唐突，肯定不会引出客户的心里话。所以"擅长倾听"就体现出重要性来了，"擅长倾听"的同时还要"会聊天"。一个好的销售人员跟客户的交涉里面九成以上都是聊天。

开始对方客户的负责人还怀有警戒的心理，但是一旦涉及自己感兴趣或者喜欢的话题，一下子就打开心扉聊起来了。如果你们的交谈进行得特别顺利愉快，那么在第二次会面的时候，就可以收集一些客户喜欢的，关于他兴趣的信息跟他交流，这样就缩短了与客户之间的距离。另外，在这种貌似闲聊的过程中，对方可能还会透露出公司内人际关系、出差日程、其他公司的提案内容等对推进工作大有裨益的信息，有助于修改提案的内容和安排提案的时间等。这一条对我也很适用，在我的工作中利用从聊天中获得的信息对自己的提案书进行深入整理，从而取得订单的成功例子数不胜数。善于倾听的销售人员，就是投客户所好，在与客户的聊天当中获取商业机会的天才。

善于倾听，不仅作用于销售，也是成为"捕捉契机"美女的条件之一。谁都不会讨厌喜欢听自己说话的人，要做一个让别人"还想再次见到你"的人，我可以断言，擅长倾听是最便捷的通路。在倾听的同时，也许还能获得他身边的更多信息和机遇。但是，怎样才能做到擅长倾听呢？我在做销售的时候就开始思考这个问题，我的结论是，要对别人的谈话有反应。对着一个不知道是不是在听自己讲话的人讲话，我想谁都不会敞开心扉的。所以，要对别人的讲话作出反应。"啊？""原来是这样啊？""后来怎么

样了呢?"还有，如果对对方的话实在不感兴趣，那么你敷衍他的信息也会传达给对方，这样也是没有意义的，因此保持一份对未知事物的好奇心也是很有必要的。还要注意不要打断对方的话，这一点虽然比较难但是非常重要。

认真对别人的讲话作出反应，还可以促进面部表情肌的运动，防止衰老，这样一举两得的好事，你也赶快学起来吧！

第三张脸

我参加了一个会员有 200 人的业余桑巴俱乐部。俱乐部每月举行一次活动，通常是选择一个周六，从早上 9 点开始，大家聚集在一起开始练习。会员全都是职场人士。大家周一到周五都忙于工作，只有每个月的这一天才聚集在一起放松放松。我通过参加这个活动感悟到的是，不睡懒觉，从早上 9 点开始就神清气爽地参加活动的人在工作上也是果敢、高效能的。某家居网站的主编，私下里还是一位法国舞蹈的业余高手；某出版关联公司的公关部长，在周末马上变身为一位业余赛车手。大家在平时明明都是超级忙人，但也会为自己的兴趣安排出时间。所以，工作上很强的人做什么也都很有自己的一套。

我在 25 岁以后，经常接到朋友的游玩邀请，但是往往都被我拒绝了。这样的情况持续下去，我发现我的朋友越来越少了。更可怕的是，这还影响了我的工作。写企划的时候灵感枯竭，大脑完全不灵活，什么新鲜的主意都想不出来了。

没有了生活也就没有了工作，于是我开始将享受生活的时间也安排进了日程。比起伏案工作，看看喜欢的电影、跟朋友美餐一顿，更能激发人的灵感。当我远离工作，沉浸在音乐和舞台剧中，我感觉自己终于又回归到这个世界，内心变得更加充实和快乐。精神上取得了平衡，更有益于工作的推进。在这样的时候，你就会发现，你面对的不是工作时的自己，不是平时的自己，而是第三个自己，是在培养兴趣的过程中成长起来的另一个崭新的自己。工作和兴趣在大脑中对应的区域是不同的，当一个人给自己树立一个工作以外的目标，在实现的时候那种快乐的程度是与工作达到目标时的快乐不同的。拿我来说，我每年都努力争取获得浅草桑巴舞大赛的优胜奖，那就是第三个我。其他的兴趣，比如学会用古典吉他演奏一首曲目，就可以当众表演；如果开始学习游泳，就给自己树立个目标，挑战明年的游泳大会等；如果喜欢制作手工艺品，那就制作出成品来拿到集市上看看反响……设立什么样的目标，就看你自己了。

兴趣有时会跟工作联系到一块，有很多人在兴趣中找到了自己未来的职业。以前采访过一位女性，日复一日的工作让她感觉很疲劳，她希望重新点燃生活的火花，于是每天下班以后就去参加各种舞台剧的排练。不管是哪一种排练，她都做得很用心。就在她每天从公司出来进入排练场的这段时间里，就在一个小咖啡馆里，她邂逅了自己日后的职业。她每天都会在这间咖啡馆中一边喝咖啡，一边跟店员聊天来打发排练场开门的这段时间，温暖的咖啡和店员温暖的话语滋润了她的心田，让她感觉无比的轻松愉快，于是后来她就果断辞职，成为了一名咖啡店的经理。

第三个你是什么样子的？生了孩子的女性朋友可能会回答"母亲"。总之，无论是工作还是培养兴趣爱好都要尽心尽力地去做、去感受，过程当中说不定就隐藏着命运的契机。

成为女演员

由于工作原因，我采访职业女性的机会比较多。当我对被采访对象产生"真棒啊"、"真希望成为你那样"这类赞叹的时候，就希望能够买到她使用的那种纸笔用具等，会觉得使用了相同的物件，大约也可以分享到她身上的能量吧。

去年年末，我读了一本叫《佐佐木的记事本》的书，我彻底被感化了。佐佐木先生是女性网站"in women"的总经理。据说他在买到心仪的记事本之前都是自己亲手制作记事本的，他是非常重视记事本的一个人。在他的著作中，他更是把记事本定义为人生的脚本。他主张记事本不单单是用做管理每天的时间作息，更可以用做帮助我们设立短期、中期、长期目标，并督导我们去实现的人生脚本。在书中，他详尽地介绍了记事本"人生脚本化"的写作使用方法。放下这本书，我赶紧就去寻找购买佐佐木先生推荐的记事本。要在这个记事本中记入的，不是"日程安排"，而是要将想做的事情、不做不行的事，在哪里做、需要思考什么问题等写入记事本的时间轴中，这样，在回顾的时候，就会发现自己不仅是遵守了时间，更是掌控了时间，通过这个小小的记事本，自己更清晰地看到了自己的进步。

再来说说土屋美树小姐，她还在当助理编辑的时候曾看过一部松田圣子主演的电视剧，剧中松田圣子扮演一位平时不好打扮的文案，但是一旦到了提案的时候，她就会涂上大红的唇膏，一改往日不修边幅的形象，来个大变身。土屋非常憧憬这种变身的魔力，后来好像也买了相同牌子、相同色号的唇膏，在采访大人物的时候涂上，体味执行编辑的感觉。

控制自己的情绪，是一项重要的职场技能，为了能够始终保持情绪稳定、干劲十足，可以通过改变发型和打扮，或者通过调节表情、说话的语调等来获得精神的平衡。职场中的女性们换个香水，变变指甲油的颜色，总是能从中获得奇妙的能量，表现出富有活力的自己。早上起来不要立马开始选择当天的服装，而应该根据当天的安排搭配出合适的服装。偶尔当一次小恶魔附身的俏皮女郎，也是感觉很棒的吗，这样你渐渐就会成为一位能够捕捉到契机的美人。

学会赚钱

大家通常会认为"能不能赚钱，看看工资就知道了"，这里所指的"会赚"不是提高自己的收入，而是帮助公司赚钱的意思。不管在公司里面做着怎样的一份工作，即使是行政岗位，也能够为公司赚钱。在一次采访中，我们谈到了公司里最需要的是哪种人，结论是"能给公司带来收益的人"和"会为公司节约成本的人"这两种。"能为公司带来收益的人"，就是指可以为公司赚钱，带来利润的人；"会为公司节约成本"的人，则是懂得为公司将必要的开支减少到最小，因此也变相地为公司带来了利益的人。

那么你会为公司带来利润吗？即便不是直接做业务，你的行为也能为公司带来收益，首先重要的就是在脑中形成这种意识。如果你是一位总务，完全可以换订比现在更加便宜的圆珠笔，如果每支笔节约了 10 日元的成本，那么对于一个月消耗 1 000 支圆珠笔的公司而言，就等于为公司节约了 1 万日元，这样一年下来就是 12 万日元。如果你是做销售的，经常要为客户或者潜在客户提供介绍业务的小册子，但是这些领取了小册子的对象当中，究竟有几个人可以发展成为客户呢？你在心中必须有这样的概念，就是在工作中消耗的成本也是要从取得的利润里面扣减的。也就是说，工作成本与工作利润是息息相关的。除了看得见的成本，还有很多看不见的成本，比如为了支持业务开展所耗费的人力成本等。只要认真管理自己的日程，将工作安排得紧凑得当，就可以节约不必要的开销。因此要培养自己的产出意识，手头正在进行的工作计划取得什么样的效果，应该如何分配自己的精力，为了确保目标实现还需要做哪些辅助性工作，等等，这样在头脑中就有了清晰明确的概念，该做什么，不该做什么，该怎么做，也就一目了然了。做同一项工作，有的人做得很被动，有的人却能做得很主动，后一种人才就是公司不可缺少的优秀人才。自己工

作做得好，工资回报也就相应地提高了。做一个不可或缺、不可替代的人，机会也就降临了。

为自己增添"粉丝"

我在 35 岁的时候，对要不要辞职非常苦恼，当时受到了很多朋友的鼓励，他们都说"悦子没问题的"。在我组建"快乐职业生涯"网站的时候，也得到了很多后辈的支持。有很多朋友参与了进来，每个周末都跑来帮助我。困惑的时候总是有可以信赖的前辈给予我意见，他们鼓励我、支持我，给予我力量，他们会为我出主意，提建议，有时还为我介绍可靠的帮手。我们之间的关系并不是商务关系，怎么说呢，他们就好像我的"粉丝"，希望始终与我站在一起，见证我的成就。在他们的面前，我可以敞开心扉，遇见难关了，感到困惑了，就跟他们联系，得到他们的鼓励，我就又获得了勇气。他们是我的支持者，是我的加油站，正是有了他们我才能有今天。

在一个聚会上，我遇见了保圣那（Pasona）公司的前总经理上田宗央，他说的一句话让我很有感触，他说："所谓人脉，是那些在自己困惑和艰难的时候能够给予帮助的朋友，这之外的人都只能算做认识而已。"但是怎样才能结识这样的朋友呢？上田的回答就是："让你也成为别人的人脉。"说得真好！很多人都不愿意理会对自己没有好处的事情，因此，我对那些能在自己处于低谷时期伸出援助之手的人永生难忘，心怀感激。

就我自己来讲，我非常愿意利用我现有的资源去帮助那些努力进取的人。回忆六年前，当时我刚刚创刊了《职业女性风采》杂志，有朋友向我介绍了一位美容内科医生，他就是现在经常被电视和杂志报道的研究抗衰老问题的医生，著名的惠比寿抗衰老医院院长青木晃先生。他曾经是防卫医科大学的内科医生，他利用在糖尿病治疗中获得的经验，研究出从女性内环境入手，帮助女性延缓衰老的方法。后来他放弃了防卫医大优厚的工作待遇，自己成立了工作室。那个时候，抗衰老这个名词并不像现在这样尽人皆知，所以青木先生自己也不知道这项事业究竟能不能取得成功。为了提高知名度，他上了好几期我们的杂志。后来我才知道，最早报道他的媒体就是《职业女性风采》。所以每次见面，他都很诚恳地对我表示感谢。我自己也是深有体会，为了"快乐职业生涯"博客网站的创立，我得到了来自各个方面的支持和协助，我在心里面也一直对他们怀有感激之情。很重要的一点是，他们给予我帮助，但并不追求回报。当一切与利益相关联的时候，

事情就会变质而脆弱不堪。可以说追求不恰当的利益会断送本来美好的缘分。

我想大家也许都听说过这样一句古语："大富翁都是通过物物交换产生的。"如果有人喜欢你的东西，那么你就可以用你的这个东西去交换那个人手中你想要的东西，在这个过程中，慢慢你就变成了富翁。与一门心思追求个人利益相比，帮助与自己有关的人取得利益，会更易接近成功。请允许我在这里试问一句，属于你自己的真正人脉有几人呢？

变成"猛兽擒拿手"

如果问一个人目前在工作上最烦恼的事情是什么，大多数人的回答都是"人际关系"。特别是与上司的关系。与上司脾气不合啊，不喜欢上司的风格啊，等等。为与上级的关系感到苦恼、愤怒的人非常多。

上司是拥有检查和裁决权力的人物，也就是说，上司对你职场环境的好坏起着决定性作用，他直接影响着你个人的职业发展。与这样的人物不合拍，有矛盾，简直可以直接让你跌进职场地狱。

一句话"讨厌上司"太过笼统，仔细分析下来，根据不同的性格特征，我将讨厌的原因大致分为三种。

第一种：上司"没有领导的样子"，"不能使人产生信赖感"。

- 不管有多少工作没有完成，部下还在拼命地做，自己却准时下班。
- 本想跟上司倾诉，希望得到上司的建议，结果反倒成为了上司的倾诉对象。
- 合理要求被无声拒绝。

这种上司常常让部下感到没有干劲——"他简直没有个领导的样子"，工作的时候软弱无立场，一下了班就变得生龙活虎起来，这种工作态度实在令人匪夷所思。

第二种：独权主义。

- 怀有激情和梦想，但是顽固，不善于变通。
- 情绪化。不能够客观、成熟地看待工作。
- 好恶分明。

这样的上司好似一个独断专行的国王，在这种上司的手下工作，下属有意见也不敢发表。

第三种：自私自利。

- 功劳都是自己的，责任都是部下的。

- 被上面的人中意，被下面的人嫌弃。
- 在奉承领导和无聊的事情上花工夫。

说起来，每个人的工作都是为了个人的利益，但是这种上司最恶毒的就是，为了自己的功名巧取豪夺部下的劳动果实。这样的人练就了一身自我防卫术，每当有情况发生，马上缩成一团，不出声，不吭气，把责任甩得干干净净。就我的经验，在这样的上司手下做事是最难受的。

我在独立创业以前，与各种上司打过交道。生气、烦恼甚至憎恶全都体验过。当时有位客户跟我说过这样一句话："驾驭你的上司。"

我自己是个性格直率的人，最讨厌不讲理的事情，如果别人不能把我说服，即使他是上司，我也会直接跟他理论。因此我常常会站在上司的对立面。当然，我那么努力地工作，也有不想输给上司的心情在里面。但是这种桀骜带来的干劲儿，即使取得了成就我也完全没有成就感，有的只是空虚和疲惫。

我当时一心想跟上司分个上下输赢，而我的客户给予了我很奇妙的建议。他说，做事情一定不能偏离了中心轨道，一定不能找错了方向。为了达到自己的目的，实现自己的目标，应该学会合理地利用上司，以顺利实现自己的梦想。与其跟上司对着干，还不如学会怎样驾驭上司，有效地推动工作顺利开展。

不要在无谓的事情上强调自尊。真正有自尊的人会为了实现目标勇于拼搏，并敢于承担。

- 面对无能的上司，自己就主动带领团队披荆斩棘。
- 面对霸道的上司，自己一定要掌握让他开心的按钮。
- 面对自私自利的上司，即便被他窃取了劳动果实，也要学会不放在心上。

即使这样会让你言不由衷，但是做到了这几点，就可以大大改善你的职场环境，一旦取得了上司的信任，那么你就可以大展拳脚，快马加鞭，向着自己的目标挺进。

如果你感觉"驾驭上司"这个题目听起来太难实现，那就看看周围，肯定有已经得到了上司的信任，工作开展得顺风顺水的同事，那么他对于你就是最宝贵的职场老师。

另外，我还听人力资源负责人说过"一般都把优秀的员工配给能力差的上司"！天啊？原来如此啊!! 好好想一下，也就稍稍理解了这种企业的最高效人员配属法则。真是奇妙啊，简直没有比这更绝妙的事了。

如果你正在"没能力的上司"手下工作，那就有可能是被公

司特意安排的。真是不可思议呢，我仿佛在这里就能够听到读者您对自己发出的惊呼声！

即便如此，只要我们目标坚定，努力工作，把不快当饭吃下，当水喝掉，做出成绩来，自然就可以让"眼观六路，耳听八方"的人事部门了解，并传达到公司高层了。

做一流的女人

以前，做体育版记者的二宫清纯小姐跟我说过这样一段有意思的话，她说："如果给运动员分档次，可以分以下几档：

- 出师告捷，一出手便赢得胜利的，是'超一流'；

- 能够在失败当中汲取教训的，是'一流'；

- 再次犯同样错误的，是'二流'；

- 根本意识不到错误的，是'三流'；

- 怕失败怕得要命，极不情愿参加比赛的，是'四流'。"

做到超一流太难，所以二宫小姐一直用一流标准来鼓励自己。我觉得这个说法在工作中也适用。我想到了新人刚入公司接受岗前培训的事。有的新人适应能力强，很快就掌握了基本的工作，也有的新人稍笨，记事情没有前者快。但是过后的事实证明，后者在职场中成长得最快，也最可靠。

我举两个部门新人的例子作说明。其中一个不管什么，一学就会，流程掌握得也快，进入公司没多久就成功预约到多家潜在客户，并很快得到了第一笔订单，可以说是个很有能力的员工。另外一个就不然了，前辈啊，上司啊，屡次三番地教，但他还是不能掌握要领，在那时候看来，算得上"笨拙的"员工了。而且他本人看到自己的付出得不到回报，业绩原地踏步，也十分着急。但是这个"笨拙的"的员工要比那个有能力的员工更用功，更努力。有时间就比较分析潜在客户信息，从来不在工作中偷懒，以工作为先干到多晚都不叫苦累。两个人在工作态度上的小小差异，时间一长就变成了大差异。再看两人的业绩，原先有能力的那个员工已经被远远落在了后面。

之所以如此，就是因为脑瓜聪明的有能力的员工心骄气傲，他们一学就会，所以对工作就开始满不在乎，更放弃了付出心力继续学习的念头。对这样的员工有一个词语——"取巧的聪明"。

当然也有很多有能力又虚心向学的人，这样的人就成为了马到擒来的超一流商务人才。就好像棒球界的松井秀喜一样。

但是"笨拙"者也有机会成为一流人物，这个表达不准确。

应该说恰恰是"笨拙"者，站在了距离"一流"最近的地方。为什么呢？因为失败里面蕴涵了更多成功的机遇的。要想成为一流运动员，就必须学会从失败经验中汲取教训。那些害怕失败不敢放手去做的只能沦为四流。

在茶道业界流传着这样的谚语——"能够鉴别价值 300 万日元茶具的大师，是从价值超过 300 万日元的失败中爬起来的人。"正是因为付出过那样的代价，所以能够对眼前的事物进行客观的判断。我采访过的很多开启了自己快乐职业生涯的女性朋友们也说："做过，后悔了不可怕；不曾做过，枉自后悔，最可怕，而且无法弥补。"能够开启自我快乐职业生涯的女性都是能够在不断地尝试、不断地碰壁中积蓄力量的人。

那么，现在你还在畏惧失败吗？请先踏出第一步吧！

简单生活

我曾经采访过 Foxy 工作室的老板兼设计师前田义子，她在 24 岁的年纪便拥有了自己的工作室，她除了在时尚领域不断推出各种新潮的设计，更能引领新潮的生活方式。我问前田，她是怎么做到能够如此精力旺盛地不断进行挑战和尝试的，她说："我对

‘拥有’并不执著，生活中曾经出现的事物，只要我们精心对待，即使明天它们全都离我们而去我们也不怜惜。我并不在乎是不是天长地久地‘拥有’，其实我们人类本来就是一无所有地来到人世的。所以经历失败并不可怕，大不了返回到原点，也不过如此。就算被打回原点，从零做起，我们也还是能够生存下去，这样想来一切就变得轻松了，所以无论做什么也就无所顾虑了。”

我们虽然没有前田小姐成功，但我们这些普通人也会有被"拥有"困扰，在价值观上面临选择的时候更是如此。比方说，我们在思量要不要跳槽时，就会很自然地考虑到这家公司的知名度、业内地位、职务的名头、待遇、福利、保险等。过于注重这些外在的标准，往往忽视了内心的需要。

酒席上，最先注意到谁的酒杯空了的往往是女性；不管丈夫怎样巧妙地掩饰，妻子都能察觉到丈夫的背叛。女性总是能够准确地感觉到气氛的变化。即使不能 360 度勘测，但只需望一眼，便可察觉有什么事情发生了，这种敏锐来自女性天生的敏感。远古时代，男性出门狩猎的时候，女性就是凭着这份与生俱来的敏感，时刻对环境保持警觉，来保护自己的孩子的。在现代，危害生命的险情越来越少，取而代之的是，人们可以得到大量的信息，价值观也越来越多样化。处于这样的时代中，人们就容易跟别人

进行比较，被他人左右，因此，能够听从内心的呼唤，作出"真我"的判断就成了难上加难的事情。

重新回到跳槽的话题，到目前为止，在我采访过的成功职业女性当中，为了实现自我价值，不在乎工薪多少的女性大有人在，对她们而言，"值得"就是唯一的理由，事实证明她们的选择是正确的。如果一味注重工作的外在条件，那么也许永远都不可能实现快乐职业生涯的梦想了。不给自己添包袱，不给自己留后路，而要轻松上阵，一往无前。懂得为自己减轻负担、简单生活的女人就是懂得辨别机遇、抓住机遇的美人。

成为不受拘束的自由美人

曾经就普通社员转职的年龄界限问题，对各公司的人事部门作过一个调查，结果显示"转职的年龄上限是32岁"。

为什么是32岁呢？

回答是，对一个普通职员，这是一个还能够在比自己年长的上司手下工作的年龄分界点。比如33岁再转职，遇见比自己还要年轻的上司的概率将大大增加。中层管理人员的转职年龄界限是38岁。如果上司比部下的年龄还要小，那工作就很难开展了。

但在现实中，也有很多超过 32 岁的女性成功实现了转职计划的例子，从这里就可以看出，所谓的转职年龄界限是有适用人群和不适用人群之分的。个中区别到底在哪里呢？带着这个问题，我又一次走访了一些公司的人事部门。一个公司招募人才，当然要考察应聘者的能力和经验，但是有比这更重要的考察项目，那就是"必须要有协调感，身在职场要让周围同事感觉自然，舒服"！没错啊，我以前作为招聘人员也参与过几次面试，当时我也特别注意观察应聘者的性格特征。说到底，转职有年龄界限的看法，还是源于企业对"协调度"的考虑。但是如果一个人跟比自己还要年轻的上司和同事一同工作也感觉非常协调的话，那么就算超过了 32 岁，也是有很大把握成功跳槽的。

　　由于年龄增大而产生了与他人合作的不协调感，究其原因，就是思维的僵化和顽固。随着年龄的增长，经验越来越丰富，但是这些经验有时候会阻碍一个人去接受他人的建议和新的做事方法，很容易固执己见，否定新的价值观。要想成为没有转职年龄界限的女人，就必须保持年轻的心态，即使经验再丰富，也要吸收新鲜的知识和观点。

　　我参加料理兴趣班已经十年了，最初见到老师的时候还错把她当成了学生，后来才知道，这个老师竟然与我的母亲同岁！你

完全猜不出她的年龄。只要有她在，整个教室的气氛就变得活泼生动。她时髦而富有魅力，最让人感到惊奇的是，十年过去了，她好像一天都不曾老去，还是那么年轻。这位老师保持年轻的秘密，就在于她有一颗强烈的好奇心。每个月一次，我们聚集在一起，围着做好的料理聊天。她非常喜欢听我们说话，还经常问："这个是怎么回事呀？"也常说"我也要试一试"等等。她的好奇心和行动力甚至超过有些年轻人。不管去哪里她都坚持自己开车，不论是服装搭配还是脸上的妆容都很时尚。可以说她是个现代前卫的老太太。见到这样的老太太，你还要抱怨自己"已经上了年纪了"吗？还要怀疑"现在开始太迟了"吗？

每一个女性都希望自己永葆青春，要采取的第一步行动，就是唤醒自己的好奇心。看看电影、舞台剧，听听音乐会，读读书，逛逛街购购物，这些都是好办法。享受生活的喜怒哀乐，让自己的心灵变得柔软。与身体相同，心灵也可以通过刺激变得柔软，变得更有感受力。不受拘束的自由女人，无论是在工作中还是生活中，都更容易抓住命运赐予的机遇。

这一章你觉得如何？如果上面哪一点触动了你的神经，那么就请赶紧拾起来吧！美丽的风景正在远方召唤你！

用博客打造自己的快乐职业生涯

为什么说博客是很有用的工具？

主编《职业女性风采》的时候，我一直在四处奔走，对普通职业女性进行采访。为什么呢？当今社会，渴望在结婚生子以后继续出来工作的女性不断增多，但从商业社会整体来看，职业女性还属于少数派。职业女性感到困惑的时候，想在身边找到个可以商量的前辈都很难。刊登名人的采访远不如刊登普通职业女性的专访更受欢迎，因为后者更会让读者产生共鸣。为了能够帮助女性顺利展开第二段职业生涯，我觉得自己再辛苦也值得。但是杂志的版面毕竟有限，那时候我经常接到类似这样的电话："我对你们上个月杂志中第×××页的那个女性很感兴趣，请问能否再帮我们详细介绍一下她的情况？"面对这样的需求我们都是尽量满足，重新约被采访者，重新进行采访，再次刊登。但是在这以后，还是会有类似的电话打来，因为每期我们都会产生新读者，她们总是会有新的需求。在这一点上，杂志的力量是有限的。如果被采访对象是大学生，那么后续采访随时都可以进行。但要采访社会人士就不同了，总要协调得当才行。对于为自己的职业发展而苦恼的女性朋友而言，她们需要的是一个大家可以交流的平台。在这种情况下，能够将一个一个职业女性联系到一起的工具就是博客。

博客是一个新事物，简单来说就是在网上作记录。博客的界面一般都为日记格式，都是经过设计好了的，完全不用自己另作设计和编程，使用起来非常方便。要做的，就是将页面打开，发表文章，更新记录而已。现在开设个人博客的人越来越多，博客是一项相当受欢迎的网络服务。我经过考察，确信了博客确实能为职业女性启动快乐职业生涯提供帮助，于是在 2005 年 10 月，我创建了为职业女性服务的"事业博客"交流网站——"快乐职业生涯"。

为什么博客有这么大的能耐呢？原因有三点。

◆ 通过博客，能够邂逅更多优秀的职业女性

我们的网站"快乐职业生涯"，设置了两个发表条件——"必须是女性"和"必须以事业为文章主题"。因此，只要打开网站的主页，就可以看到各种各样的职业故事。在这里，不管你是正式员工、短工还是自由职业者，都可以在这里讲述工作带给你的喜怒哀乐，对未来的展望以及对生命的感悟。读了这些女性的文章，也许你产生了共鸣，也许你受到了启发，也许你对事物产生了新的领悟，也许你从中获得了勇气，这些都会成为你探索自我职业生涯过程中宝贵的参考资料。在这里你能够读到各行各业女性的职场感受，也许你就能找到与自己有相同志趣的知音。"快乐职业生涯"设定了关键词搜索和行业搜索，你可以很快找到自己感兴趣的行业的博文。

在网站的主页，我们设置了"工作"、"转职"、"职业生涯"三个类别窗口，也可以从这里按门类进入网站。这个网站最大的功能就是，能够让女性结识到平时接触不到的人物，看到她们真实的职业感言。如果你对"策划"这个行业感兴趣，那么你就可以搜索出从事这个行业的人物的博文，对这个行业就有了更进一

步的了解，跳槽的时候，这些信息就成了宝贵的参考资料。看她的博文，就等于对她进行了深度访问。

◆ 将职业女性召集起来

博客有两个显著特点，那就是"评论"和"引用通告"。"评论"就是读了博文以后，可以直接将自己的感想、建议、疑问等添加在博文下面的功能。阅读博文的人可以任意发挥，想发表什么评论就发表什么评论，通过这种方式与博主交流，还可以通过阅读评论栏与其他的浏览者交换意见。博主则可以看到自己文章产生的反响，获得满足感。我小时候写日记从来坚持不过三天，但是却能一日不落地每天写博客，我想就是"评论"激发出了我的写作欲。

另外一个功能就是"引用通告"。你在博客上发表一篇评论的时候，在尾部的引用栏输入对方文章的引用地址，那么你发表完文章后，对方的博客就会自动在你所评论的文章的尾部添加了你的引用信息，所显示的信息因程序不同而不同，基本的要素包括了你评论的标题和你的评论的链接，其他人可以很清楚地看到你的引用，并很方便地点击就可以来看你的文章。这样传递下去，就可以汇聚成一张庞大的网。另外我们也可以根据自己贴上的"引用通告"的类别，总结归纳出自己对问题的看法。这是一个认识自己的好机会。物以类聚，人以群分。通过博客的"引用通告"功能，我们看到了别人，也找到了自己。

◆ 在博客中成长

通过博客我们与各行各业的女性相遇，彼此交换意见和对事物的看法，在这个过程中，我们也获得了成长。有的人从博客中获得了勇气，有的人从博客中受到了启发。也许博客中还隐藏着与"毕生事业的邂逅"。当你开始撰写自己的第一篇"事业博文"，你就已经开始走向了属于自己的"快乐职业生涯"。人最难的就是认识自己，写博客有助于我们对自己的行为和观点进行反思和总结，坚持一段时间再重新回头阅读自己写的这些"事业博文"，就可以发现很多自己从来没有注意到的，有待改正或者重视的细节。我们要学会灵活使用博客，以发现最真实的自己，从中培育能够使自己更加幸福快乐的种子。

具体的灵活运用方法会在后面的章节介绍。

"怎样才能走进属于我自己的快乐职业生涯？"

这个答案你自己最清楚，只要你会发问。

让我们一起，通过写博客好好"问问自己吧"！

"写作"的意外功能

由于工作的原因，我经常会收到很多与我讨论职场生活的邮件，不可思议的是，这些邮件竟然有着共同的特点。

那就是，大部分邮件的前半部分，作者都在阐述工作上的苦闷，发发牢骚，而写着写着最后竟然自己就把自己的问题化解掉了。比如说什么"连这样的问题都想不通，我真是笨呢"，"再努努力看看吧"，瞧瞧，完全变成了积极向上的好青年了嘛！我不是心理学者，针对这种现象说不出科学上的根据，我想大概是将情绪化做文字被宣泄了出来以后，之前的压力也就随着烟消云散了吧。这个时候我们头脑也清醒了，看问题也客观了，心情也就舒畅了。

由此可见，写作具有为自己排忧解难的作用。它跟说话不同，它能够作为文字保留下来。当然我也在坚持写"职业生涯博客"，通过自己写的文章，能够认识到更深层的自己。比如有时候我会自我反省："辞掉那位员工，也是没有办法的事情呀，我做错了吗？"也有的时候会发现自己的另外一面："我在这样的情况下居然还这么有干劲儿！！"等等。"工作博客"带给我前所未有的惊喜和发现，我算是离不开博客了。

另外，我在采访一些把生活和事业同样经营得有声有色的女性的时候，她们大多认为，用文字给自己"描绘"一幅自己的未来图画是非常有用的，而且她们中的大多数人就曾经这样做过。我还听说，有的人阅读杂志的时候，如果出现了令她羡慕的人物的照片，或者渴望的生活的图片，她就会将照片剪下，贴在卧室的墙上，每天睡觉之前还要看上几遍，这样就能在不远的将来实现自己的梦想。描绘一幅自己的未来图画，越具体越有助于实现。而开一个博客，不论写文章还是贴照片，一样轻松搞定，而且过了一段时间还能够反复看，每一次回顾都发现自己向着那个理想中的自己又走近了一步……啊，赶紧开始你的博客生涯吧。

写作可以帮助你还原自己，回顾自己以往的经历和经验，重新捡回那五颗能够带给自己快乐职业生涯的种子并培育它们，还有比写作更好的方法吗？！所以，现在，不要顾虑太多，尝试着开始动笔吧！我敢保证，你一定可以在这个过程中，遇见另一个自己。

开始你的"职业生涯博客"

开启自己的快乐职业生涯，有必要收集一下关于自己的一些信息。最好的方法就是将你的一些感想和心得记录下来。一个人默默地写文章难免感到寂寞枯燥，说不定什么时候就中断了，所以最适合你的记录方法就是——博客。

"这里不只有你一个人"，加油！

博客不仅是写给自己的文章，你还拥有许多读者。那其中的不少人就与你有相似的经历和苦恼。通过"评论"和"引用通告"功能，你可以感受到她们的感想和对你的支持。特别是在"快乐职业生涯"这个博客网站中，聚集的都是渴望开始自己快乐职业生涯的女性朋友，在这个网站里，你能够产生共鸣以及接受到来自其他女性朋友的鼓励，你能够感到温暖，你能够获得勇气。

看到自己文章的下面还附有别人的评论，这是一件让人高兴的事。我们是一个团体，我们是一个群落，你绝不是孤单一人！

没有比这更好的鼓励了。

也有一些人羞于动笔，觉得自己现在的职业不够光鲜，或者文笔不够出众。我想"职业生涯博客"的目的是帮助大家找到自己，大家都不是专业的作家，所以没有必要取悦读者。我相信只要真实地表达出你自己，就能够抓住读者的心，找到通向快乐职业生涯的入口。

写博客好似在书写自传，从中能够感受到自己的成长

我建议大家写博客的另一个理由就是，博客能够将记录很好地保留下来。如前所述，当你想了解自己的爱好、思维方式和志向，就要从一定量的信息当中分析得出，因此文章的保留很重要。

"职业生涯博客"好像是一部个人成长记录。不只是存储属于自己的信息，每当回顾从前的文章，你就能深刻感受到自己的成长。我写"职业生涯博客"也有一段时间了，有时候看看最开始的文章，"那个时候就为了那些小事烦恼啊"……自己也会小感慨一番。随着社会阅历的增加，人们越来越少得到别人的赞扬，能够体会到个人成长的机会也就越来越少。所以，看看自己的博客，感受自己的成长，就是为正在走向未来的自己增添一份信心。从

这个角度来看，"职业生涯博客"的好处真是太大了。

活用分类标签，分析自己的喜好

博客还有给文章分类的功能（详细见后面）。文章最多的类别，就是自己的关注点所在。在我的博客里面，有一个类别叫做"今天的决定"。从这个类别中，我可以看到自己会为什么样的事情感动，什么样的事情会刺激到自己，会为什么事情生气，怎样感受到周围的不协调等等。关于分类标签的设定，在后面的文章中会有详细说明。

邂逅值得信赖的前辈

写"职业生涯博客"，在为自己排忧解难方面的功效也很大。每个人在面对困惑的时候，都希望身边有一个人，可以为自己答疑解惑。

在"快乐职业生涯"网站，你可以通过行业、年龄、经验的关键词进行搜索，寻找你信赖的倾诉对象。这种奇妙只有博客才做得到。

博客既愉悦了身心，又帮助自己进行了自我探索，真是一个集众多优点于一身的完美系统。在我们的博客网站上还为大家免费提供了很多博客服务项目，希望大家都能去尝试！

运用"职业博客"，建立自己的"快乐职业生涯"

"职业生涯博客"能够让我们开启属于自己的"快乐职业生涯"，那么如何才能建立起"职业生涯博客"呢？一共有五个步骤。

◆ 步骤一：写什么呢?! 先想个名字!

要开始写"职业生涯博客"了，关于自己的工作，写点什么好呢？首先要做的就是想一个名字。

你可以试着写写现在自己最关心的事情。在这里，风格可以大致分为四大类。

● 挑战型博文

这是我们的博客网站上出现最多的文章类型。内容比如转职、

组建新项目、考取资格证书、创业等等。这个类型的题目特别适合为自己设定了具体目标的喜欢挑战的博主。把自己这时的激情和梦想记录下来，不仅会成为自己的宝贝，还可以激励其他的读者。

- 自传型博文

适合那些拥有3~5年社会经验，正在计划开拓下一步职业生涯的博主。可以记录一下，过去都从事了什么样的工作，有什么感受，在什么地方感觉自己成长了等等。对于有转职计划的朋友来说，这样的博文简直就是一部表现个人职业经历与成长的剧本。

- 关键词型博文

设定一个关键词，并以这个词为中心，记录每天的工作感受。这一类型适合那些习惯为每天的工作设立计划和主题的博主。

- 日常型博文

将每天工作中发生的事情如实记录的博文。尤其是感到烦恼和委屈的时候，更要用写作宣泄出来，这样才能保证第二天的工作心情。

怎么样？不难吧！有没有提出适合你的博客名字呢？确定一个名字吧。

另外，博客的名字是可以随意变更的。开始的时候可能对这件事情很感兴趣，后来慢慢地兴趣或者关注点发生了转移，只要自己喜欢，就可以随意更改博客的名字。名字的转变也证明了个人的成长。重要的是，写博客要坚持不懈。还有就是千万不要为了写出华丽的文章而矫饰自己，这样就失去了通过博客还原自己的意义。总之，还是请先为自己的博客定个名字吧。

◆ 步骤二：设定分类标签。

博客的名字确定了以后，需要考虑一下在这个名字下，可能会写哪些类别的文章。

博文写好发表之前，系统会自动提示你给文章分类。开始就分好类，便于搜索，也有助于日后按照类别对自己进行分析。

具体应该怎样设定分类标签呢？我在这里举例来介绍。

• "喜怒哀乐"分类法

适用于各种风格的博文。可以用表示心情的词语做关键词。

比如有个博客名字就叫做"工作和生活中的'喜怒哀乐'"，下面又分了"记录工作中开心事的'太棒了！'"，"记录工作中失

意事的'DOWN——'"; "记录生活中开心事的'太棒了!'",
"记录生活中失意事的'DOWN——'"的四类,清晰明了,也便
于整理。

生活中开心的事、难过的事、令自己感动的事、受到刺激的
事等等,都给自己留下了深刻的印象。可以根据具体的事情重新
设定分类。但是对于刚刚起步的博主而言,"喜怒哀乐"四种分
类具有普遍适用性,不容易混淆,所以还是从简单入手比较好。

● "时间顺序"分类法

适用于自传风格的博客。

比如,有个名字为"青涩 OL 的跳槽日记"的博客,分类标
签就设了"学生时代"、"旅行社时代"、"专业网站时代"。按照
时间划分类别,并在各个时间标签下记录当时的所思所想。

用这种方法设定标签的,必须遵守时间顺序。你可以预先设
定好代表自己各个时期的分类标签,写好博文发表之前,选择一
下标签就可以了。

● "环境"分类法

根据自己所处环境设定标签的一种方法。

以博客"煎饼屋的老板娘,葡萄酒狂人"为例,博主是一位

在繁忙中享受安逸的生活。

"如果你有梦想希望实现，
就给神明写一封信求求他吧。"

用文字给自己"描绘"一幅自己未来的图画是非常有用的。

愿我们每个人都幸福快乐！

妈妈，同时又是煎饼店的老板娘，拥有双重身份，同时还做着一份与葡萄酒有关的兼职。所以她以不同工作内容"葡萄酒狂人"、"煎饼店的老板娘"设定了分类标签。这种设定方法适用于搞副业的博主，或者为了创业不得不做兼职的博主。

打个简单的比方，如果博客起名叫"衣橱"，那么分类标签就可以设为"内衣"、"袜子"、"T恤衫"等等。要以服装的种类进行划分设定。我们的目的就是好归类，方便整理。而且，分类标签可以随时追加和变更。如果产生了新的兴趣，就可以追加上去，这样也能对自己兴趣的范围有个直观的认识。

◆ 步骤三：写文章。

题目、分类标签设定好以后，就可以开始写博文了。博文的创作精神就是为自己写作，所以不需要过分修饰。可以先从一句两句的短文开始，然后慢慢学着贴图片等。出差时发现的美味餐厅啊，先进的办公用品啊，觉得好玩的、值得纪念的等等，在不侵犯他人权益的前提下，都可以拍下来再贴进博客里。博客内容于是就渐渐丰富起来了。

◆ 步骤四：链接其他博客。

掌握了博客的基本功能以后，试着链接其他的博客。

博客除了具有和 BBS 一样可以留言的功能以外，还有一项独有的"引用通告"功能。有效活用这个功能，能够与其他博主自由交流。

● "评论"功能

"职业生涯博客"的乐趣之一，就是看了别人的博文，自己容易产生同感，或者受到激励。如果针对他人的文章有疑问，有感想，都可以积极参与到文章下方的评论当中。发表评论的过程有助于加深对自己思考方式的认识。如果有人对你的文章也发表了评论，请一定予以答复，答复也会被保留在评论栏中。这就是博客的特色。

● "引用通告"功能

看到某人的博文产生了共鸣，于是自己也迫不及待地想要发表意见，这个时候就用上"引用通告"这个功能了。

"引用通告"就是受别人文章的启发，并将别人的文章作为参考，自己创作博文时，能够将别人文章的链接贴在自己文章顶端的功能。这样有助于双方或者多方更加密切地交流意见。想不出写什么的时候，可以利用这个功能，从别人的文章里面借鉴灵感，看看自己能写成什么样子。偶尔为之，也是一件对自己有好处的事。

◆ 步骤五：重读自己的文章。

博文积累到一定程度，最好回头重新读一读。不但能够感受到自己的成长，还有助于分析归纳出自己的思考模式和行事方法，还可能对自己有新的发现。

另外，活用博客特有的功能，对自己进行更深一层的分析。

- 以分类标签为切入点进行分析

你写的文章，在各个标签下数量是否均等？还是某个标签下的文章特别集中？如果不平均、很集中的话，那么集中的标签就是你对事物的关注方向，那个方向也许就隐藏着开启你未来天职的密码。

然后再分别读读每个标签的文章。从中整理出自己大体上的

情绪模式和思维方法等。属于你自己的"快乐要素"应该就隐藏在里面。

- 关注一下使用了"引用通告"的文章

设定一个"引用通告"特有的分类标签，将所有粘贴了"引用通告"的博文都收录在里面。那些都是使你的心灵受到了巨大震撼的文章。从那些文章中，你可以分析出自己是什么样的人，会为哪种题目下的博文所震撼，进而发现你现在对哪些事物最感兴趣。

看完了以前的记录，你最好能够撰写一篇感想作为总结。每过一段时间就作一个阶段性的回顾，这样你就能比较客观地看清你自己了。

撰写"职业生涯博客"的乐趣

撰写"职业生涯博客"不但可以为自己排忧解难，还可以为自己的职业发展收集信息，获取情报。

- 公关武器

可以利用"职业生涯博客"，为自己负责的商品和服务进行推介。

比如有个名为"在惠比寿工作的女经理"的博客里,常常发表一些关于经营时尚类公关公司的感想,还经常站在美容健康类专业人士的角度为职业女性提供化妆小知识等。因为每天更新,所以访问量很大。据说"职业生涯博客"还为她带去了不少生意。

还有一个名为"新米经理的博客",博主就在博客里面公开某美容健康类饮品的研制秘密,以致有不少会员迷上了这种饮品,成为了它的"超级粉丝",可见宣传效果有多么显著。

• 活用广告促销手段

在博客"我的丰胸日记"中,作者柏木珠希公开了利用"丰胸食材"烹饪独特美食的方法。

在博客"育儿咨询室"里面,经营幼儿园的博主,记录了每天家长们向她咨询的问题,以及她给出的回答。

像这样,博主活用了博客,从而为自己进行了很好的宣传。

• 你的烦恼,请对我倾诉

工作当中,碰壁是少不了的。"职业生涯博客"为所有的人,尤其是烦恼中的人敞开大门,愿意成为大家的倾诉平台。

在"快乐职业生涯"博客网站上,记录了很多感人的故事,

下面就是其中一个。有一个博客名为"一个经理母亲的日记"，有一天，这位博主的刚刚上幼儿园的女儿突然问她："妈妈为什么不来接我放学呢？"这位博主于是心生感慨，以《女强人妈妈，告诉我！》为标题写了一篇博客。她的这篇文章一上线，立即受到了会员中所有身在职场的母亲的关注，支持鼓励她的评论篇数很快就累计得高高的。看到这些热情洋溢的话语，这位妈妈的情绪终于得到了平复。

在这里举出的只是"职业生涯博客"活用法中的几例，只要你有创意，"职业生涯博客"就能够帮你实现你的想法。

认清楚自己，是要花费一段时间的，与其你一个人孤独地度过，不如来到"职业生涯博客"吧，这里的所有人与你都是一样的，让大家在一起开开心心地互相勉励，分析自己，找到自己吧。

我要我的"快乐职业生涯"！第一步就请开设自己的"职业生涯博客"怎么样？从这里走出的第一步也许很小，但却是向"快乐职业生涯"迈出了一大步。

目标就是：快乐职业生涯！ 一个月计划

如前所述，打造"快乐职业生涯"需要五颗快乐种子。首先要从"认识自己"开始。与其一个人默默地在孤独中摸索，不如尝试一下写"职业生涯博客"的生活，用一个月的时间，通过每天更新博客，开开心心地与大家一起寻找自己、认识自己。如果有会员对你的文章表示了同感，或者跟你说"我们一起加油吧"这样的话，我就相信你一定能把写"职业生涯博客"继续下去。另外，自己一个人进行反省的时候，难免会陷入"我行吗……"，"还是不行"这样的悲观情绪当中。但是如果处在一个可以自由交流的平台中，就有助于用乐观向上的心态对自己进行客观的分析。我们撰写"职业生涯博客"的目的是，再次发掘自己的可能性。博客则有助于我们全方位多角度地认识自己。每天用5～10分钟撰写一篇"职业生涯博客"，就能换来自己美好的明天。

一个月以后，你会惊喜地发现，你正向着自己的"快乐职业生涯"大踏步地前进呢！

◆ 准备工作：设定分类标签

博客具有给文章分类的功能。从大的范围说，可以分成四类标签。写博客的过程由于是自我回顾的过程，所以预先设定好标签会比较方便。标签的设定根据不同的博客网站，方法也有所不

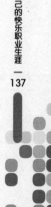

同，请根据各自网站的规定进行设定。利用标签给文章分类，有
助于日后阅读分析时找到自己的关注点。

最为简单明了的四大标签如下：

- 我的爱好，我所擅长的事
- 我的事业方向
- 我理想中的人际关系和职场环境
- 我憧憬的生活方式

设定好以上四个标签，就让我们开始写"职业生涯博客"吧。

◆ 第一周　"我的爱好，我所擅长的事"是什么呢?

第一周的任务，是寻找自己爱好和擅长的事情。下面列举几
个问题，你可以根据这几个问题，来撰写自己的博客。

问题一

你在什么时候最开心? 感到兴奋?

* 什么时候你觉得开心高兴?

* 你做什么事情毫不厌倦? 做再久也不觉得累?

* 在什么样的情况下你察觉不到时间的流逝？

请试着在以下成长阶段，分别给出对以上问题的回答：

* 童年～步入社会；

* 成为社会人第一年～第三年；

* 成为社会人第三年～第五年；

* 成为社会人第五年～第七年。

三年为一个单位，以年数区分，有调动或者转职情况出现的，请按照在每一个公司工作的时间段进行回忆。再将回忆整理成文的时候，不能简单地表达，如"被别人道谢的时候感到最高兴"，要尽量把关键点表达出来，如"因为做了哪些事情，客户向我表示感谢，使我有了某种感受，所以很高兴"，这样写既包含了小小的故事，又写清了高兴的理由。写好文章以后，在发表之前，将文章收录在预先设定好的分类标签"我的爱好，我所擅长的事"里面，就成功完成了一篇博文。没有必要就每一个问题都给出详尽的回答，也没有必要长篇大论。抓住实质，写一句两句就可以，开始的时候要让自己写得轻松，爱写，没有负担，就可以了，这样才能坚持下去。写完一篇以后，就会从文章的关键词中看出哪些事情可以让自己开心雀跃。能够使自己高兴的事情，里面就蕴

涵着"快乐职业生涯"的种子。

问题二

喜欢做现在的工作吗？它能让你感到愉快吗？

* 从现在的工作中你得到了多少乐趣？如果满分是 100 分，
  请你给现在工作的快乐指数打分。

* 怎样才能提高现在的快乐指数？三年以后希望自己从工作
  当中获得的快乐指数增加多少呢？为了实现那个目标，请
  详细说明计划，越具体越好。

通过前面的思考你会找到快乐的自己，那我们现在就拿过来
跟实际的自己对比一下。这样做的关键点在于，要让自己过得更
加快乐和幸福。如果你从工作中获得的快乐很少，那就有必要采
取改善行动了。

首先，为你现在从工作当中获取的快乐打一个分。接下来，
开始思考如何对此加以改善。在寻找解决问题的方法时，收集大
量信息就显得格外重要了。如果有转职计划，那就预先设定一个
时间点，然后列举为了能够顺利离开原职必须做的事情，逆行推
出一个时间表，并把它写进博客里。发表了博文，就等于自己对

自己发出了转职宣言，接下来便要收集信息，使离职程序进入轨道，这样会大大减少你胡思乱想的时间，更有效率。

文章写完，不是按下"发表键"就万事大吉了，一定要养成重读自己文章的习惯，并要善于对自己发问，在博客里面自己跟自己说话。比如，看到自己写了"真想干什么什么事情啊，但是苦于没有预算"，那么自己接下来就可以对自己发问："真的没有办法增加预算吗？"再比如，看到"只要有他在就没办法落实"，然后自己问自己："为了说服他，有没有做详尽的准备？"自己对自己提出问题，想起来什么就马上在文章下面追加。在对自己提问的过程里，对自己的分析也就逐渐深入了。如果在脑海里已经为三年后的自己设定了明确的目标，那么就赶紧开始你的"职业生涯博客"，通过自己的博文对计划进行监督，看进行的是否顺利。如果没有，就赶紧查找原因，随时修正前进轨道。这些监督和修正的记录也要保存到博客里。

◆ 第二周　"我的事业方向"是什么？

第二周的任务是，探索事业的方向。自己事业的方向应该来自你的爱好和擅长的事，它们决定了你的事业方向。是你从事这

第五章　用博客打造自己的快乐职业生涯 一

项事业的意义所在和能够持续下去的原动力。培育自己的爱好特
长才是通往"快乐职业生涯"的捷径。要找到这个问题的答案，
对很多人来说是要花费一定时间的。即便如此，也不要放弃，因
为答案就隐藏在你自己的身上。此外还要有坚定的信念，那就是
"一定要找到自己职业的方向"，因为强烈的意念能帮助你更快地
接近问题的答案。现在就让我们认认真真地仔细回顾自己吧。

问题一

你对什么词汇最在意？

* 喜欢看哪种类型的书？如果有特别喜欢的，请写出名字。

* 喜欢看什么行业的杂志？在看到哪些特辑或者特别报道
  时，你会把这期杂志买下来？

* 喜欢的电影是什么？如果有特别喜欢的，请举出名字。

* 能够吸引你注意公车广告的广告词是什么？

发现你喜欢的作品、吸引你的词语等都请将它们写进你的博
客。然后自己问自己：为什么喜欢？它凭什么吸引了你的视线？
然后自己要对自己的问题给出答复。乍一看，都是简简单单的寻
常问题，但其中一定隐藏着共同点。顺便说一句，过去我最喜欢

看的就是那种描写弱女子在经历了一系列变故以后，变得自主独立的励志电影。你喜欢哪类电影呢？是爱情片？文艺片？科幻片？还是动作武打片？……而谈到书籍，我喜欢山田泳美的作品。我一读到那种女主人公经历了各种遭遇和挫折之后变得强大的作品，就会联想到自己，读那些作品的时候，我所体会到的是自己切实成长起来的喜悦，于是信心大增，更有干劲儿了。每当看到故事情节与自己的成长经历有相似点的作品，我都能体会到自己的成长，对正在从事的为职业女性提供服务的事业更加有信心了。

你在博客里介绍的作品，在帮助自己认识自己的同时，说不定还会给看你文章的读者带去意想不到的启发。于己于人，都是非常有意义的。

问题二

你觉得该如何评价自己？

* 问问身边的朋友，看看他们都是如何评价你的，并要问他们为什么会作出这样的评价。

* 把你对自己的自我感觉，跟别人对你的评价对照一下，结果如何？

* 直截了当地说，你最想做哪一行？并讲出你的理由。

＊ 在内心有没有为自己设定三年以后的规划，并制订出详细的行动计划。

大家都会在不经意间，或者说潜意识里做出一些行动意向，这是自然流露出来的，这时的你才是最真实的你。你不妨对身边的同事、朋友和家人作一个小采访，请他们用一句话评价一下他们眼中的你是什么样子的，并说明理由。将采访得到的信息和平时对自己的了解综合起来，写进博客，这样一个"客观"的你就从博客里诞生了。顺便说一下，我常常被人说是个"老头子"。我尤其喜欢勤奋肯干的女孩子，并给予她们亲人般的支持与鼓励，从这些事情来看，我像是一个待人亲切的'大姐姐'；同时从我喜欢小居酒屋和打高尔夫来看，无疑我还是像个'老头子'。如此说来，那我身边的很多女性，都是像我这样一心扑在工作上的"老头子"。就因为我给人以爽快的印象，所以很多男性经理在招聘女员工的时候都来找我作为人事咨询顾问。甚至有的职业论坛还特别邀请我就企业的女员工雇佣问题作了一个专场介绍。可见，一个印象、一个评价会影响你的事业开展。

那么回到开始的话题，你对自己的评价与别人对你的评价有何种差异？这两种声音都为你认清自己提供了宝贵的依据。了解了这些之后，你将如何开展自己的职业生涯？又比较适合哪些行业？关于这些问题的思考，都请写入你的"职业生涯博客"。而且不要忘记写清具体的行动计划。

关于这类问题的自我认识是难度相对比较高的，但也是决定你能否顺利走向"快乐职业生涯"的关键环节，所以请一定特别予以重视。

◆ 第三周　究竟什么是"理想的人际关系和职场环境"？

第三周关注的问题点是人际关系和职场环境。在职场上最令人头疼的就是人际关系了，可以说，人与人之间的关系存在于生活的角角落落、方方面面。我认为，职场很像是将很多不同类型的人聚集在一起从事某项特定行动的一张网，这张网中的每一个人都不可能脱离别人独自行动。而人与人之间的关系又是最为微妙的，处在职场中，或多或少都有人际关系上的烦恼。所以说，如果因为人际关系辞职，并不利于自身职业生涯的发展。这里面有一个要点，那就是要客观地看待自己，要对工作目的有全面而清醒的认识。工作的一个重要目的就是要在工作中获得成长，为自己积累经验，积聚能量，认识自己，实现自身价值。我们应该

感谢那些令我们讨厌的人，正是与他们"交手"，使我们自己获得了成长。要永远记着，工作的目的是为了我们自己而绝非打造一个良好的团队。懂得了这个道理，我们就可以换个轻松的角度看待职场人际关系了。

问题一

在你遇见的人当中，给你留下深刻印象的都是什么样的人？

* 你希望与什么样的人共事？

* 你讨厌什么样的同事？

* 你在人际关系中最注重的是什么？

请将对上面每一个问题的思考写入你的博客。必须注意的是，要站在"自我成长"的角度，举出喜欢的同事类型和不喜欢的同事类型。由此能够清晰看出你在人际关系中追求的是什么，注重的又是什么。这个就是你的本质。此外，还请你在博客中总结一下，自己在人际关系里面一直以来坚持的事情，以及希望从现在开始坚持的事情。

现在的人际关系如何?

* 谁站在你的对立面?

* 谁是你的朋友?

* 谁与你在事业上有直接的利害关系?

* 如果满分是 100 分,你给自己现在的职场人际关系满意度
  打几分?

* 怎么做才能提升满意度? 制订一个三年计划,逆向推出一
  个行动计划。

以上问题涉及的对象不分公司内外,请你对此作出回答,并
写入博客。其实前三个问题中提到的三类人都是对个人成长相当
有帮助的人,尤其是站在你对立面的人、在事业上跟你有利害关
系的人。不喜欢他们,是因为你从他们的身上看到了自己的不足。
所以我们要特别感谢与他们相遇,正是这些人的存在让我们感受
到了自我成长的需要,与他们打交道的过程,就是得到锤炼和成
长的过程。

另外,如果你个人在人际关系上的观点与公司的企业文化相
吻合的话,那你的职场人际关系满意度就高,请详细写出你的职

场人际关系满意度标准和理由。如果你不满意自己的职场人际关系，从"自我成长"的角度分析，使你不满意的原因又不是来自上面分析的几种人，那么就说明，在你的职场环境中，存在着对个人成长没有影响力的人跟事。这样我们就已经分出了类别——"对个人成长有影响的人（事）"、"对个人成长没有影响的人（事）"。归类并加以整理，有助于减除不必要的压力。为了建立一个更加健康的人际关系，你将采取哪些行动呢？设立一个三年目标，并写出具体要做的事和该做的事。

◆ 第四周　"憧憬的生活方式"是什么样的？

　　一个月的时间即将接近尾声，我们在这周的目的，就是要认清自己理想的生活方式。"快乐职业生涯"就是以快乐的工作享受快乐的生活。处理好工作和生活的关系，努力实现两者之间的良性循环。尤其是25~30岁这段时期，人生的波动比较大，为了不使自己后悔，我们要尽早地明确自己渴望的生活到底是什么样的，并为此有意识地选择自己的工作方式和人生伴侣，准备开始得越早越好。现在就让我们来了解一下，自己心底追求的生活方式是什么。

三年后的自己将过着怎样的生活？

* 三年后你与谁在一起生活？他是个怎样的人？

* 三年后你的家在哪里？住在什么样的房子里？

* 三年后，你的假日将怎样度过？

* 为满足这种生活方式，你需要一份怎样薪水的工作？

* 三年后，你的工作方式是什么样的？为了实现这一目标，要做哪些准备？请制订一个行动计划。

还是那句话，我们正在度过的是我们自己的人生。所以针对这些问题，请你抛开一切不必要的思想负担，展开自由的想象，描绘心中的生活愿景吧！当然，要越详细越好。先来说说我的情况。我在30岁之前曾经交往过一个男朋友，我当时很喜欢他，但是我们的价值观存在着很大的差异。比如到了周末，我喜欢叫一大群朋友来我家聚会，但是他到了假日谁也不想见，觉得假日里还要招呼朋友太累，他更愿意一个人静静地待着。对待工作也是一样，虽然我不敢断言，但是我觉得他是不赞同女性大刀阔斧去工作的。后来我们分开了。我发现自己对于想过的生活方式日渐清晰，就是从跟他分手以后开始的。后来我遇见了现在的丈夫。

他在事业上并不比我优秀，但是他很支持我的工作。我们之间互相尊重，在一起的时间越久越能感受到对方的人格魅力，越觉得对方是最可信赖的伙伴。周末我们会与共同的朋友一块享受快乐的业余生活。工作再繁忙也非常重视与对方在一起的时间。能与这样的人共同生活，我要感谢上天，这是上天赐给我的礼物。我们在想象理想的生活方式的时候，要想象出一幅色彩丰富的画面，而且细节越具体越好，这样才更有利于实现。然后根据想象的画面估算出实现这样的生活，大概要达到怎样的收入水平，现在的你与这个水平的差距是多大，为了缩短这段距离，你需要怎样去做，并制订一个为期三年的计划书。另外在工作方式的选择上也要做好计划。如果你现在是一名小时工，计划三年以后成为公司的正式员工，因为那样的话能够享受到带薪休产假的福利，为了实现这个目标，你必须计划一下什么时候跳槽，跳槽到什么样的公司，为了跳槽顺利，你必须在什么时间之内去人才公司登记……所有的细节都要尽量考虑在内，制订出一份详细的计划。

请制订出向着快乐职业生涯前进的三年计划书!

　　一个月的时间过去了，请你将在前面对每一项分析时得出的目标，融汇到这份三年计划书当中，并将它收录到你的"职业生涯博客"里。接下来可不能写完了就万事大吉，你要经常不断地用计划书提醒自己，检查自己在工作和生活中是否在按照计划进行，计划执行报告也要如实地记录在博客里。三年之后，当你实现自己的快乐职业生涯，你的博客就成为了你个人蜕变历程的见证。

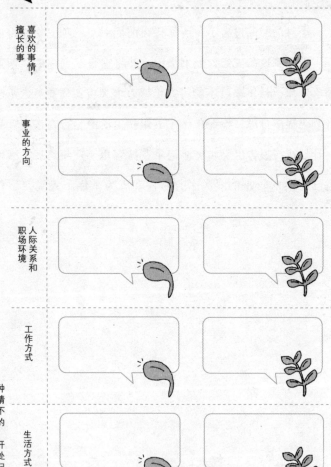

我的
『成长记录』

学生时代

针对"五颗种子"的成长情况，在代表不同发育时期的"破土、抽芽、出蕾、开花"的空白处留下真实的记录。快乐职业生涯的培育历程一目了然。

喜欢的事情，擅长的事

事业的方向

人际关系和职场环境

工作方式

生活方式

未来

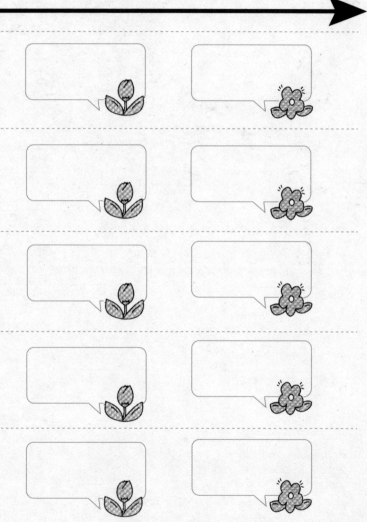

女人为快乐工作

结语

2005 年 1 月末，我终于成立了自己的公司。当时我收到了原部下金野小姐的一封信。我们那时一同在《职业女性风采》杂志做广告销售。现在算算已经是十年前的事情了。那时部门里只有我们两个人，因此我们常常并肩工作到深夜，谈心到清晨。在这位战友级人物的来信中特别回忆了很多话语，是我当时跟她谈心时说过的，她觉得很有启发便记录了下来，现在它都一一回传给我：

"谁也不知道自己将会面临什么样的低谷，但是就在超越了自己，走出了低谷的瞬间，自己也获得了成长。"

"一个好的企划案往往需要预先想好 100 个点子。"

"靠自己的能力为客户提供最有价值的方案。"

"做销售是为别人着想的过程。为客户提供他们所需的，为客户解决难以解决的问题，自然好的业绩也就出来了。"

"要重视员工，关心他们，体谅他们。"

"最难的是'坚持'，只要坚持下去就一定能收获成果。"

……

看到这些，我仿佛又看到了那个勇往直前、拼命工作的自己。这些话语经过十年岁月的沉淀，又回到了我的身边，给刚刚创业的我提供了无限的勇气。在信的最后，她说：

"可以证明悦子工作业绩的数字、文章有很多，上面的那些话也曾是悦子教给我的。我非常感激与悦子共事的那段岁月，如果没有那个时期的积累，我也不会邂逅我的人生天职，谢谢你，悦子。"

金野小姐现在是一位食品开发专家，最近刚刚生了宝宝，可以说无论是工作还是生活都充实幸福。十年前的我还完全没有管理者的经验，当时她是我的属下，现在想来真是辛苦她了。我自己每当想起当年的情景，总是觉得在一些事情的做法上很对不住她。那时我还总有一种想教给她一些东西的使命感，后来当我得知我的一些话为她选择职业提供了启发时，我感到非常欣慰。此时在我自己需要鼓励的时候，我曾经送给她的那些语句，又重新回馈给了我，这使我感到非常的不可思议。这些语句仿佛被装进了时空密封罐，好好地保存到今天，而我再次将它开启。通过这件事，我越发地感受到人生的奇妙，原来所有的一切都经过了上天的仔细安排，竟没有一件事是多余的，是无用的。就拿这本书的出版来说，向我约稿的钻石社的江英明先生，就曾经在《职业女性风采》杂志创刊时帮助过我。自己经历的每一件事，遇见的每一个人，都与自己有着必然的缘分。如此说来，正在读这本书的你们，通过这本书认识了我，这种相遇也是我们之间的缘分。如果这本书能够为你开启自己的"快乐职业生涯"提供一点启发的话，那就是我最欣慰的事情了。

　　最后，我衷心地祝愿这本书的每一位读者，都能找到开启自己快乐职业生涯的钥匙，希望每一个人都能过得快乐幸福！